奥兹国的编程师

[土耳其]尼萨·辛奇/著
[土耳其]巴林·卡尔巴/绘
肖涵予/译

人民文学出版社 天天出版社

著作权合同登记：图字 01-2021-0703

图书在版编目（CIP）数据

奥兹国的编程师 / (土) 尼萨 · 辛奇著 ; (土) 巴林 · 卡尔巴绘 ; 肖涵予译.
-- 北京 : 天天出版社, 2021.8
ISBN 978-7-5016-1728-9

Ⅰ. ①奥… Ⅱ. ①尼… ②巴… ③肖… Ⅲ. ①童话—土耳其—现代
Ⅳ. ①I374.88

中国版本图书馆CIP数据核字(2021)第142827号

责任编辑：崔旋子　　**美术编辑：**邓　茜
责任印制：康远超　张　璞

出版发行：天天出版社有限责任公司
地址：北京市东城区东中街 42 号　　**邮编：**100027
市场部：010-64169902　　**传真：**010-64169902
网址：http://www.tiantianpublishing.com
邮箱：tiantiancbs@163.com

印刷：三河市博文印刷有限公司　　**经销：**全国新华书店等
开本：880 × 1230　1/32　　**印张：**6
版次：2021 年 8 月北京第 1 版　　**印次：**2021 年 8 月第 1 次印刷
字数：78 千字　　**印数：**1–20,000 册

书号：978-7-5016-1728-9　　**定价：**30.00 元

输入你的名字：

多萝茜的妈妈：

长着大大的眼睛，卷卷的头发，看上去十分和善。她穿着印花的 T 恤衫，舒适的及膝半身裙和一双拖鞋，有的时候头发上还系着一根绸带。她这人十分爱干净。

多萝茜的爸爸：

长着一张长方形的脸和一撮山羊胡，看起来很严肃。他在一家工厂做经理，并且十分憎恶科技。

多萝茜：

一个高挑的 12 岁小姑娘，长头发齐刘海儿，长着一双大大的眼睛和几颗小雀斑，酷爱编程。

机器人：

这个灰色的铁皮机器人的一只手是一把锯子。

稻草人：

他的身体和脑袋都是用麻袋做的，麻袋里塞满了干稻草，有的草秆还从麻袋里戳出来一截。他的嘴、鼻子和眼睛都是用蜡笔画的。

托斯比：

一只毛茸茸的棕色约克夏小狗。

狮子：

一头长着浓密鬃毛的大狮子。

奥兹（奥利弗·兹马托）：

戴着一副半圆的眼镜，穿着一件黑色的 T 恤衫和一条牛仔裤。

目 录

奇怪的眼镜

这是一个美好的星期四下午，多萝茜坐在厨房的操作台上，不耐烦地晃动着双脚等爸爸回家。她十分崇拜的电脑技术天才——奥利弗·兹马托在下个星期天就要发布他保密好几年的新游戏了，而且就在多萝茜他们生活的城市！

很长一段时间以来，网上铺天盖地全是关于这个新游戏的传言。有人说奥利弗·兹马托开发的是一款用智能滑板操作的狩猎游戏；有人则信誓旦旦地说，他们看过公司提前透露的游戏预告演示，是一款赛龙的游戏。

抛开各种争论，这个游戏也是当下全世界最受人关注的话题。游戏和科技爱好者们纷纷聚集在奥利弗的公司的大门外；新闻媒体租了附近可以望到奥利弗·兹马托办公室的房间，希望能用相机镜头和望远镜捕捉到任何一点儿蛛丝马迹。不过，奥利弗的公司对这款游戏一直守口如瓶，保密工作做得很好。现在距离正式发布会仅剩十天了。

多萝茜的好奇心已经无法遏制了！

她必须得说服爸爸带她去参加这次发布会。或许需要跟爸爸讨价还价，但如果这也不奏效的话，她只能苦苦央求爸爸。因为这是第一次她有机会见到奥利弗本人，并且比其他人都更早知晓这款最新游戏的内容。

这样的好机会，她绝不能错过！

多萝茜今年十二岁，她身体精瘦，脸上长着些小雀斑。一家三

口带着可爱的小狗托斯比，住在位于加州湾区帕洛阿托市的一座小房子里。多萝茜平时很喜欢科技类的各种物件：电脑、3D 打印机、无人机……

可是让她最狂热的，还是制造这些科技产品的人——奥利弗·兹马托。多萝茜有一张他的大海报，海报上的奥利弗穿着一件黑色 T 恤衫，戴着一副圆眼镜，看上去酷极了。多萝茜对奥利弗的崇拜，一点儿都不亚于她的朋友们对娱乐圈的偶像艺人们的崇拜。

每天晚上，她都会躺在床上，望着海报，幻

想有一天自己也能像他那样，成为一名软件工程师，开发那些有创意的软件。

事实上，她已经开始朝这个目标努力了。夏天刚开始的时候，她请求爸爸帮她报了一门软件开发的课程，开始学习 Java 编程语言。可是现实并不像她计划中的那样顺利。

她永远忘不了开课的第一天。当她满腔热情地走进教室时，很多头发长长、呆呆丑丑的男孩子都目不转睛地看着她。而她盯着这些程序代码看了一天，却一点儿都弄不明白。她只好开口问别人，得到的回答也都是些她听不懂的陌生术语。

她感觉自己就像是一个身在中国的外国人，尝试着说中文。可惜的是，她连一句中文都不会。

几个星期以后，多萝茜仍然一窍不通，她觉得这门课不太适合她，便退课了。但这并不代表她对此灰心了，她可不会这么轻易放弃。在她的家乡帕洛阿托，有成千上万个软件工程师，他们

都能学会，自己也一定可以想办法学会。目前的失败，只是这次的起点可能没找对。

跟多萝茜相比，她的父母都非常因循守旧。爸爸是个脾气强硬的美国人，长着一个长方形的脑袋，嘴唇上有一撮浓密的山羊胡。他是城郊一个玻璃制品厂的值班经理。这些年爸爸亲眼目睹了很多工人因为自动化生产系统的普及而丢了饭碗，因此慢慢地开始反感新科技。

而她的妈妈，是一个土生土长的土耳其人，性情好又顾家，唯一能让她视为死敌的，只有家里的细菌和微生物。多年以前，多萝茜的爸爸到土耳其出差，在一艘渡轮上认识了妈妈，并深深地爱上了她。为了丈夫，妈妈搬到了这座距离家乡万里之外的城市。闲暇时，她一直愉快地拿着一瓶消毒液，跟家里那些看不见的小生物作战，很少去想什么科技的问题。

四点三十五分，门铃响了。

多萝茜大喊一声："我去开门，妈妈！"然后急忙冲到门口。她一边开门，一边开始进入央求模式。

“欢迎回家，亲爱的老爸！”

爸爸显得十分疲惫，一边往屋里走，一边问，“我现在饿得跟一头饿狼似的，晚饭吃什么？”

这些年，多萝茜慢慢意识到，绝不能向饿着肚子的爸爸开口请求任何事。于是她只好耐心地等一家人吃完晚饭再说。

晚饭结束，妈妈端上了甜点，爸爸开始满足地舔嘴唇，多萝茜觉得好时机到了。

“咳嗯！”多萝茜清了清嗓子，“亲爱的老爸，你下个周日下午有什么事吗？”

爸爸问道：“你为什么这么问？”

每次多萝茜问爸爸什么问题，总是得到这样的反问。

她叹了口气，回答道：“奥利弗·兹马托要来帕洛阿托宣传他的新游戏，我是想，你可不可以带我去……”

“就是那个造些莫名其妙的玩意儿的人？你每天脑子里想的全是游戏。简直是浪费时间。那个星期天我们已经有安排了，要去你姑妈家。”

“我们不能之后那个星期天去吗？或者……星期六去也行？只要你带我去参加新游戏发布会，我以后每天都给你煮咖啡！”

她想，也许这样的讨价还价会有用。

“我们只能星期天去姑妈家，我周六还有别的事，你姑妈多半已经开始忙前忙后地准备招待我们的东西了，不去不行。”

“爸爸，求你了！”

她没想到自己这么快就已经开始哀求了，内心的绝望和愤怒也开始聚积。

“没办法，那个周末肯定不行。”爸爸厉声呵斥道，“赶紧改了你那些没有用的爱好，你整天就闲在家玩游戏吗？干点儿有意义的事吧！至少翻翻书也好！”

“可是我想当个软件工程师，爸爸，我长大以后就想做软件设计。”多萝茜极不情愿地辩解道。

“软件设计？你跟我开玩笑吗？你得找个正当的职业，以后当个医生、律师什么的。别尽做那些毫无意义的白日梦。我们之前给你报的那个编程学习班，结果才去了几次你就闹情绪不想去了，说明你根本就干不了那一行！”

爸爸的话刺激到了她，多萝茜哭了起来，抽泣着说：“你根本就不了解我，我不要和你说了！我这就走！”说罢，她愤愤地站起来，抱起托斯比，冲出门去。然后，怒气冲冲地骑上自行车，飞蹬起来。

在这个家里，她一点儿发言权都没有，她的愿望、她想要的，从来都得不到尊重。为什么？就因为她是个小孩吗？

可小孩就不是人吗？他们的意愿就不重要吗？

她太想去星期天的游戏发布会了，远远超过爸爸想去姑妈家。她就想当一个软件工程师，别人的看法她一点儿都不在乎，因为那是她最大的梦想。

可是……或许爸爸没说错呢？她上编程课，真是一窍不通。也许她真的不是那块料呢？也许她真的在追寻一个毫无意义的白日梦呢？

多萝茜骑到了斯坦福大学的校园。她很喜欢这里，便踩着踏板，往一丛别人都不知道的小树林骑了过去。她需要一个人待会儿。

到了小树林，她把自行车停了下来，把托斯比从车筐里抱出来，放到了地上。托斯比谨慎地闻了闻地面，然后向前面的一簇灌木跑了过去。多萝茜觉得无聊，也跟了上去。她看到托斯比正在嗅着地上一副看上去很奇怪的眼镜。

这奇怪的眼镜，看上去有点像滑雪时戴的护目镜，可镜片是黑色的，还带一副可以罩在耳朵外面的耳机。镜片似乎是不透光的，从里面应该看不到外边。多萝茜还是第一次近距离看到这样的眼镜。她捡起来仔细看了看，发现眼镜的一边写着一行小小的字：马库斯·P 私人物品。

“这是什么呀？”她好奇地自言自语，正当她准备戴上这副眼镜时，托斯比突然狂吠了起来。

“没事的托斯比，这就是一副普通的护目镜，

别慌。”

多萝茜抱起托斯比，安抚道。尽管小狗不停地狂吠示警，她还是戴上了那副眼镜。

这时，奇怪的事情发生了。

多萝茜感觉自己像在一个气球里，轻轻地飘了起来。又仿佛置身于一个旋涡中心一般，周围的一切都开始天旋地转。又或者，是多萝茜自己在旋转？她因为恐惧而抱紧了托斯比，然后任由旋涡托举着自己飞了起来。

蓝色城的村民

“哎呀！怎么回事？”

当多萝茜和托斯比一起掉下来的时候，掉到一棵树的枝丫上，又被弹起来，砸中了一个男人的头。这个男人当时正站在悬崖边，结果他因此失去了平衡。多萝茜朝他伸出手去，想拉住他，可是已经来不及了。男人摔下陡峭的山崖，不见了踪影。

突然，多萝茜发现自己身边站了一群园丁和一位矮小的老妇人。

这一突发状况让多萝茜十分害怕，她立刻开始解释自己不是故意的。她慌慌张张地说，自己也不知道是怎么到这儿的，并告诉周围的这些人刚刚掉下悬崖的那个人完全是个意外。不过，多萝茜发现在场的每一个人脸上都带着古怪的微笑，他们并没有像她害怕的那样发怒。

等多萝茜说完了前因后果，安静下来以后，村民们纷纷上前祝贺多萝茜，并围着她跳起舞来。

多萝茜更加一头雾水，完全不知道怎么回事。

她在哪儿？

到底发生了什么？

她打量了一下这些兴高采烈、载歌载舞的人，他们戴着蓝色的帽子，身材矮矮胖胖，看起来都

十分高兴。

在他们身旁，是一座精美的大城堡，城墙通体蓝色，闪着晶莹的光芒，美得让人惊叹。

多萝茜深深地吸了一口气。

“这是怎么了？你们是谁？那个男人又是谁？刚刚到底发生了什么？”多萝茜一连串地发问。

“从天而降的、美丽的小雀斑女孩！欢迎你！”他们中的那个老妇人开口说道，“我叫朵拉。刚才掉下悬崖的，是66号疯子，他是一个邪恶的家伙。你现在在蓝色城附近。66号疯子是蓝色城

的统治者，也是我们的管理者。但他非常残暴，把我们都当成奴隶，逼迫我们建了这座城堡和这些花园。”

一个戴着一顶滑稽帽子的矮胖小个子村民诉苦道：“你看到的这座城堡有近一百个房间，你能想象吗？他还让我们建了一个喷泉里流着火山岩浆的桑拿房。我们花了好几个月才建好，可他就用了两次，就两次！他这人真是可恶至极！”

多萝茜又仔细地端详起这座城堡。她从没见过这样的建筑：城堡像是全部用水晶修葺而成的，每一个细节都在明亮的天空下闪着蓝光，显得十分壮观。

“你们是用什么建造的这座城堡？水晶吗？”

多萝茜问。

“蓝宝石！你敢相信吗？我们在矿井里昼夜不停地工作，就为了建造这座蓝宝石的城堡。”那个矮胖村民继续抱怨道。

“谁会住在蓝宝石城堡里啊？”

“我们必须听从他的一切命令，就好像我们突然失去了自己的意志，只能任由他差遣一样。”老妇人解释道，“我是这座城里的智者和医师，我曾想用药水除掉他，可是我从来碰不到他的身体。你一定非常非常特别，才能让他掉下悬崖。”

说完，她饶有兴致地打量起多萝茜。

“我不是故意的！”多萝茜尖声叫道。

她完全不知道发生了什么，就像有人跟她开了个大大的玩笑。会不会是那种整蛊人的电视节目？她四处看了看，并未发现周围有什么隐藏的摄像机，而眼前这一切景象，也都是她前所未见的。

“嘿，我到底在哪儿？”多萝茜问。

老妇人回答道：“这是奥兹国，你现在所在的地方，是奥兹国的西方国土，也叫作蓝色王国。而这儿，我刚才已经说了，是蓝色城，也就是66号疯子统治的领地。”

可奥兹国到底又是什么？她从来没听说过这个地方，就是在地理课上也没学到过。她离家到底有多远？她也不知道自己在旋涡里飘了多久，也许已经过了好几天了。

“那……现在是哪一天？”多萝茜问道，希望能找到一些线索。

“我也不知道是哪一天。在这里，时间有的时候过得很慢，有的时候过得很快。66号疯子不在的时候，时间过得飞快；而他在这儿的时候，时间就慢下来了。”

听到这里，多萝茜十分担忧，不管66号疯子是谁，他一定是个重要人物，因为他甚至能影响时间。不过话说回来，什么样的人会住在蓝宝石建的城堡里呢？

“我是不是惹上麻烦了？”她胆怯地问道。

“啊，一点儿都没有，这个王国就是这样一个疯狂的地方。要是你没让 66 号疯子掉下悬崖，那才是真正惹上麻烦了。可现在一点儿麻烦都没有了，多亏了你，我们所有人都解放了。”

“我是在一个平行宇宙吗？我是到了中土世界？还是别的什么魔幻世界？”

多萝茜开始回忆自己看过的最后一本魔幻小说。那本书里有一个驯养龙的女人，养了三条小龙。于是她好奇地问：“那……这儿有龙吗？”

“龙？”老妇人问道，“我从来没见过，只听人们说过在东方国土上有一些宠物龙，还会吐火烤肉串儿呢。”

会烤肉串儿的宠物龙？

这已经超乎了多萝茜的想象，不过有一点她确信：她被带入了一个魔幻世界。

她必须亲眼去看看，尽快去探索这个新世界。

忽然，一阵忧虑涌上了多萝茜心头，她的兴奋劲儿像被扎破的气球，瞬间消失得无影无踪。

“我没告诉爸爸妈妈我到这里来了，他们现在一定非常着急！我现在得马上回家。你知道我怎么才能回到帕洛阿托吗？”

“帕洛阿托？嗯……我从来没听说过这个地方，我们可以问问帮助面板，也许能找到答案。”

话毕，老妇人打了三下响指，一个黑色的屏幕浮现在了半空中。老妇人用枯瘦的手指在屏幕上画了个 F8，屏幕上便出现了一行字：

“您需要什么帮助？”

老妇人慢吞吞地对屏幕说道：“怎么去帕洛阿托？”

屏幕上又出现了一行字：

“奥兹国没有叫帕洛阿托的地方。请问您还想去哪儿？”

“嗯……真有意思，这种情况还从来没发生过。一般来说，F8 什么问题都能解答。不过别担心，他们说，要是遇到了帮助面板不能回答的问题，还可以去咨询奥兹。你可以去问问奥兹，你怎么才能回家。”

“奥兹是谁？”多萝茜不解地问。

“奥兹知道这世上所有的事情，我从来没见过他，可是听说他十分睿智。这个世界的所有人都知道他有多睿智。”

“那我怎么才能找到奥兹？”

“沿着一条黄砖铺成的路一直走，亲爱的小姑娘，那条路会带你到翡翠城，奥兹就住在那儿。可今晚你先在蓝色城堡里住下休息吧，路很远，天马上就要黑了。明天你出城的时候，一眼就能看到那条黄砖路。见到奥兹，你别害怕，跟他讲讲你的故事，然后请求他的帮助，他会帮你的。我要走了，希望你能很快找到回家的路。”老妇

人关切地说。

三个村民和老妇人向多萝茜鞠了一躬，祝她旅途顺利，然后消失在了树林里。

他们简短的解释让多萝茜感到有些惊讶。随后，她带着托斯比转身走进了城堡里。她现在满脑子想的都是奥兹。然而，她对这个世界一无所知，她能顺利见到奥兹，找到回家的路吗？

66号疯子

这座晶莹壮观的蓝色城堡里只有多萝茜一个人。她四处走了一会儿，然后开始百无聊赖地找吃的。找了一会儿，她来到了一间布置简单却很有格调的厨房，里面有很多橱柜。她打开一扇橱柜的门，给自己切了几片面包，涂了点巧克力酱。

她也给托斯比喂了几片面包。厨房台面上，摆着看上去很诱人的水果，她也吃了一些。不过这里的食物都很奇怪，闻起来不像吃的，吃进嘴里也一点儿味道都没有。多萝茜觉得自己可能是太累了，有点不适应这全新的环境，于是又漫无目的地到处走了走。

当走进楼上一间大图书室的时候，她震惊了。书架上摆着成千上万本书，在蓝色的灯光下显得异常美丽。她随手抽出一本，希望能在里面找到一些关于这个世界的线索。这本书的开篇写着：

“Lorem ipsum dolar sit amet, consectetuer adipiscing elit, sed diam, nonummey em…”

多萝茜接着翻了几页。这本书显然是用一种她读不懂的语言写的，可能是拉丁语，也可能是别的什么她从来没见过的外语。她又拿起另外一本书，翻开扉页，还是同样的语言，同样的一段话。然后她又接连翻看了好几本书，全都一模一样。看来，她在这里是找不到什么有用的信息了。

就在这时，她看到墙角的一张书桌上，有一本破旧的笔记本。于是她拿起来，翻开了第一页。

这次多萝茜终于能看懂了，可是里面的内容却十分古怪。第一页上散乱地写着几行没头没尾的笔记：

当草莓落到水里时，会游起来。有待查看。

当树枝随风向左摇摆时，云朵会向右边飘。

能用火山岩浆造一个桑拿房。可这并没有什么意义。

我种的是土豆，却收获了香蕉。

我看到了一只会喵喵叫的刺猬。

而笔记本上另一页的内容更是天马行空，第一行写着“作弊码”，再往后根本毫无逻辑。

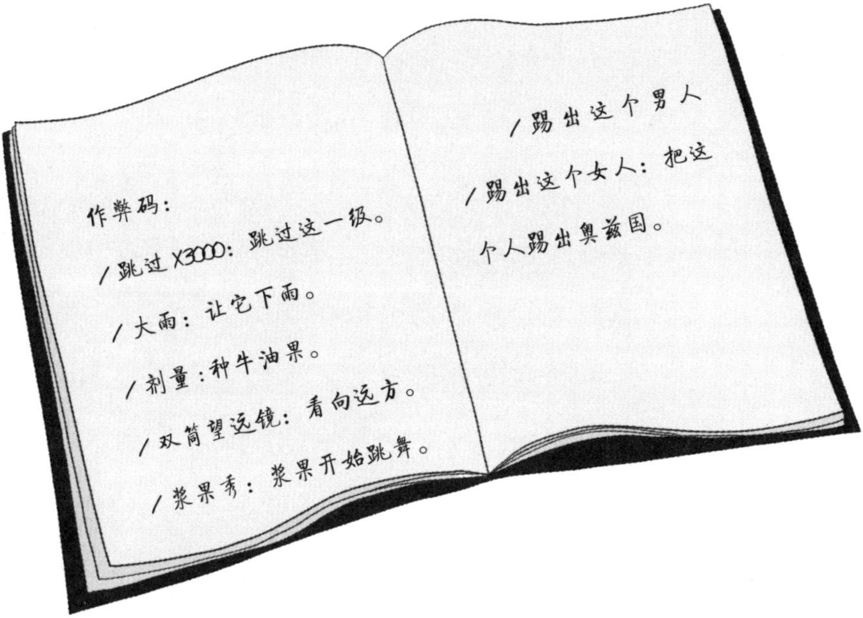

多萝茜把这两页读了好几遍，觉得自己可能是漏读了什么内容，但每行字似乎都毫无意义。看来，在这本笔记里，她也找不到什么有用的线索了。

她回想着今天发生的一切，思考了那个很有智慧的老妇人说的话，以及明天要踏上的旅程，便开始寻找一个可以睡觉的房间。

经过漫长的一天，她找到一间卧室，就跳上床去，沉沉地睡下了，一直酣睡到第二天早晨。

清早时分，恍惚中多萝茜觉得自己睡在帕洛阿托家中的床上。可她一睁开眼，就看到了蓝宝石反射出的蓝光。接着，她一瞬间想起了昨天发生的事，于是赶紧跳下床去，马上着手为即将开始的寻找奥兹之旅做准备。她在厨房里找到了一个篮子，往里面塞满各种食物，直到重得快提不动了。犹豫片刻后，她又转身来到图书室，拿起那个破旧的笔记本，也装进了篮子里。

她轻抚着托斯比，说："托斯比，我们出发吧！去翡翠城找到神秘的奥兹！"

附近有很多条路，可是多萝茜没费什么工夫就找到了那条黄砖铺成的道路。

多萝茜一边向前走，一边沉醉在迷人的田园风光里。这儿的风景几乎不像是真实的：小道两

边扎着漆成蓝色的篱笆；篱笆以外是种满蔬菜和稻谷的田野；村民居住的房子，每一幢都是圆的，上头还盖着一个大大的圆屋顶，大部分的房子也都漆着蓝色。许多房子的窗外还系着蓝气球，挂着蓝色的装饰物。有的时候，还能看到绽放的烟花和飘扬在窗外的旗帜。显而易见，在 66 号疯子的领土上，蓝色是人们最喜爱的颜色。

将近黄昏的时候，多萝茜走得十分疲倦了，于是开始考虑过夜的地方。她走到了路边一座比别的住宅都要大很多的房子前。绿油油的草坪上，有很多人在跳舞，几个矮小的小提琴手尽情地演奏着。另一群人聚在一张大桌子旁，伴随着音乐唱着、笑着，桌子上摆满了精致的糕点和水果。

大家都热情地跟多萝茜打招呼，邀请她一起吃晚饭，留在这儿过夜。这是 66 号疯子的领土上最富裕的一家人，他们正在跟朋友一起庆祝终于从 66 号疯子的奴役中获得自由。

多萝茜休息了一会儿以后，房子的主人法索邀请她跟别的客人一起唱《快乐的奥兹国》。

与此同时，他手里拿着几张纸，正将上面的歌词誊写到 块小黑板上。法索把那几张纸递给多萝茜，说：“你能帮我拿一下吗？”多萝茜看了看歌词，有点儿长，这块黑板肯定写不下。歌词这样唱道：

树儿开花，
蜂儿酿蜜。

蓝色城的居民啊，
喜悦得容光焕发。
兔子蹦起来，
孩子跳起来，
我们无比欢喜，
因为我们热爱奥兹这片土地。

鸟儿筑巢，
庄稼丰收。

黄色城的居民啊，
喜悦得容光焕发。
兔子蹦起来，
孩子跳起来，

我们无比欢喜，
因为我们热爱奥兹这片土地。

小鸡咯咯叫，
牛儿多产奶。

红色城的居民啊，
喜悦得容光焕发。
兔子蹦起来，
孩子跳起来，
我们无比欢喜，
因为我们热爱奥兹这片土地。

品尝美食，
多么美好。

绿色城的居民啊，
喜悦得容光焕发。
兔子蹦起来，

孩子跳起来，
我们无比欢喜，
因为我们热爱这片奥兹土地。

“你……是要把这些歌词都抄过来吗？”多萝茜问法索，“这些重复的部分抄一遍就够了吧？”

“那怎么行？每一段都不一样，有蓝色城、黄色城、红色城和绿色城，每个城都在表达喜悦。我必须得一字一句地写，要不然没人能唱对。不过地方确实不太够，怎么办呢，要不我写在墙上？”

多萝茜想了想，接过粉笔说：“我有个主意，能在这块黑板上写下这些歌词。”然后，她一边看这几页纸，一边誊写歌词。

树儿开花，
蜂儿酿蜜。
副歌（蓝色）

鸟儿筑巢，

庄稼丰收。

副歌（黄色）

小鸡咯咯叫，

牛儿多产奶。

副歌（红色）

品尝美食，

多么美好。

副歌（绿色）

副歌（颜色）

颜色城的居民啊，

喜悦得容光焕发。

兔子蹦起来，

孩子跳起来，

我们无比欢喜，

因为我们热爱奥兹这片土地。

“好主意！”法索大叫道，“太感谢了！我们终于可以一起唱了！”

法索、多萝茜和别的客人们齐声唱了起来，歌曲的旋律十分优美。然后他们又唱了很多别的歌。正当大家载歌载舞，享受着欢乐的时光，一阵不祥的敲门声打断了他们。

法索打开门，外面站着一个穿着破衣裳、戴着蓝帽子、脸色苍白的村民。他的一句话就给这场庆祝派对画上了句号：“66 号疯子又回来了！”

刹那间，一阵刺骨寒风穿过人群，每个人都七嘴八舌开始发问，“怎么可能？他不是掉下悬崖了吗？谁看到他了？他在干什么？你不是在开玩笑吧？你确定吗？”

“不幸的是，他真的回来了。”那个村民说，“我亲眼看到的。我到蓝宝石城堡的时候，他正怒气冲冲地盘问园丁发生了什么。还好我在被他发现之前赶紧跑了。他气得不行，掉到他头上的那个人要倒大霉了。”

派对戛然而止。法索和妻子把客人送到门外，然后带受到惊吓的多萝茜走进一个装饰雅致的蓝色客房。床、衣橱和亚麻床围都是蓝色的。托斯比蜷缩着睡在床边的蓝色地毯上，多萝茜却一晚上都辗转反侧，没有睡好。

多萝茜清早醒来时，法索和他的妻子已经给她准备好了早餐。多萝茜虽然不饿，但还是吃了。她问道：“为什么大家都这么害怕66号疯子？”

编程用语词典

乱数假文

以“LOREM IPSUM”开头，没有意义的文字，其实就是一种较为美观工整的乱码，只是将字符或字母无序地组合到一起。当你用电脑做设计时，可以使用乱数假字来填充空白页面。乱数假字看起来像拉丁文，但实际上并没有任何意义。

函数

我们用函数来写一串代码，然后重复多次使用。

比如，机器人每天早上都给我们做三明治。如果每天早上都要重复告诉它每一步该怎么做，就太麻烦了。我们可以教会它怎么做三明治，然后告诉它每天早上都制作三明治。

参数

有时，我们会在一个函数里插入一些信息。

例如，在蓝色城，多萝茜帮着村民把歌词抄写在黑板上，副歌部分就是函数，而颜色就是参数，歌词随着颜色的改变而改变。这样一来，多萝茜和她的朋友们就能很轻松地在一块小黑板上写下全部歌词。

再以三明治为例，要是不喜欢吃芝士三明治，我们可以这样改写函数：

做一个三明治（喜欢的原料）

拿出一片面包。

在上面放一片西红柿，

在上面放一片（喜欢的原料），

在上面放一片生菜叶，

盖上一片面包。

适当加热。

这样，如果我们对机器人说：“做一个三明治（芝士）。”那他就会做一个芝士三明治；而如果我们对他说：“做一个三明治（意大利腊肠）。”我们就能吃到意大利腊肠三明治。

做一个三明治　喜欢的原料

拿出一片面包。

在上面放一片西红柿，

在上面放一片 喜欢的原料，

在上面放一片生菜叶，

盖上一片面包。

适当加热。

稻草人的故事

多萝茜走了几里路以后，听见田野上传来一阵悠扬动听的歌声。这是她听过的最奇怪的一首

歌，于是想找到歌声的来源。她循声走过去，歌声逐渐清晰起来。可等她找到时，却不敢相信自己的眼睛，在一片玉米地里，唱歌的竟是一个被竹竿高高挂起的稻草人。

唱歌的稻草人的头和身子是用两个塞满稻草的麻袋做成的，脑袋上画着眼睛、鼻子和嘴巴。

他大声唱着：

如果我能跳舞，我该多么幸福。
如果我不是个稻草人，生活该多么美妙。
我喜欢吓跑乌鸦，我真的讨厌它们。
啊，多希望我不是个稻草人。

这首歌又好听又有趣，等他唱完了，多萝茜鼓着掌为他喝彩。

“我还从来没见过会唱歌的稻草人。”她笑着说。

“那我就是你认识的第一个唱歌的稻草人了！”稻草人说，“你好吗？”

“我很好，谢谢。”虽然跟一个稻草人聊天实在有些古怪，多萝茜还是礼貌地说，“你呢？”

“我不太好。”稻草人生硬地回答，“你也听到我唱的歌了，整日整夜被挂在这儿吓走乌鸦，真是太无聊了。”

“你不能下来吗？”

“不行，因为我被固定在了这根竹竿上。再说，即使我下来了，又能做什么呢？我只是一个稻草人，稻草人就是用来吓走乌鸦的，就算觉得

无聊又能怎样呢？”

他们俩陷入一阵沉默，都静静地望向地平线。

“那你就这样接受了你的命运吗？”多萝茜问。她的爸爸是个严厉的人，曾经教导过她，不管情况多么糟糕，都不能放弃。

“我也迷失了方向，我不知道该怎么回家，可是与其自怨自艾，不如努力寻找回家的办法。”

“你的家在附近吗？”稻草人问。

“应该不在附近。不过一个老奶奶告诉我，奥兹知道怎么去我的家，他什么都知道，毕竟，这个地方就叫奥兹国。我现在要去翡翠城找他，请他告诉我回家的路。”

“你觉得奥兹会知道你的家在哪儿吗？”稻草人怀疑地问道。

“希望他知道吧。”多萝茜耸了耸肩回答说，“即使他不知道，我又有什么损失呢？至少我可以先问问他。”

“那你觉得……”稻草人说，“要是我跟你一起去翡翠城，奥兹也能帮我吗，至少不让我余生都被挂在这儿吓跑乌鸦？”

“我也不知道。”多萝茜说，“不过要是你愿意的话，可以跟我一起去。即使他解决不了你的问题，你也没有什么损失，最坏的结果，不过是还像现在这样，继续吓走乌鸦。”

“没错！”稻草人挠着脑袋答道，“你说得对！我跟你一起去。”

多萝茜把稻草人从竹竿上放下来，他们结伴前行。

多萝茜不再是一个人了，虽然通往奥兹的路还很长，但她现在多了一个伙伴。

通往森林的路

几个小时后，道路开始变得崎岖坎坷，越来越难走。稻草人时不时就会被凹凸不平的黄砖绊

倒，每次跌跤，他都会叫道："该死的乌鸦！"尽管这周围连一只鸟儿都没有。

这儿显然不像66号疯子的领土那样被维护得很好。房屋和果树越来越少，越向前走，似乎越荒芜寂寥。

午饭时，他们坐在一条小河边，多萝茜打开篮子，拿出一些面包、橄榄和圣女果干。她分了一些给稻草人，可是他谢绝了。

"我不饿。"稻草人说，"我不会觉得饿，我还从来不知道饥饿是什么感觉。再说，如果要吃东西，我得先划开我的嘴，不过这么一来，填塞在我身体里的稻草就会漏出来，那样的话我的头就会歪。"

"其实我也不太饿。"多萝茜说，"说来奇怪，我到这儿以后还没觉得饿过。可是因为我是人，所以我觉得我应该按时吃东西。"

多萝茜吃东西的时候，稻草人开始说话："你能跟我讲讲你自己和你的家乡吗？除了乌鸦叫以外，我很久没听到其他声音了。"

多萝茜便给他讲起了美丽的帕洛阿托、她的父母和学校，跟他讲起了自己为了去游戏发布会跟爸爸吵架的事儿，然后又讲到自己骑车去了斯坦福大学的小树林，捡到那副眼镜，戴上以后不知怎么就来到了这个陌生的世界。

等多萝茜说累了，便问稻草人：“你能给我讲讲你的故事吗？”

稻草人眼里露出不情愿的神情，可还是开始讲起了自己的故事：

“好吧。我的生命还很短，没有太多可说的，可我还是可以跟你讲一讲。我是一个农妇扎成的，她先在一个麻布口袋上，画了我的耳朵，于是我就能听到她在说些什么。当时她旁边还站了一个农夫，她便问那个农夫，‘你觉得画得怎么样？’农夫答道，‘不太对称，不过这就是个挂在地里的稻草人而已，也没什么大不了。’说实话，这让我伤心极了。这个农妇接着又画了我的眼睛，于是我第一次睁开眼，看到了这个世界。然后她又画了我的嘴和鼻子。后来他们两个一起给我做了胳膊和腿，然后在我身体里塞满了稻草秆。我津津有味地看着整个过程，甚至期待用我新的双腿行走、奔跑。可是他们一装上我的头，就把我搬到了一片玉米地，把我吊在那根可怕的竹竿上，就是你发现我的地方。他们告诉我，我的职责就是确保这附近再也没有乌鸦了。然后他们就走了，只剩下我孤零零一个人。我试过逃跑，可是根本办不到。乌鸦一开始都害怕我，可是很快就发现我被困在了竹竿上。我从一开始就很讨厌乌鸦，我对它们大声呵斥，大喊大叫，我什么法子

都试过了，可是能做的却不多，因为我根本动不了。幸运的是，你来了，还救了我。等我们到了翡翠城，奥兹一定能给我换个新的职业，我不想被困在竹竿上过日子了，我再也不想当一个稻草人了。”

多萝茜回答说：“我希望你的愿望能实现，希望你能幸福，希望我们俩都能高高兴兴的。我们走吧，还有很长的路要走呢。”

两边漂亮的篱笆没有了，道路也开始沿着一座小山丘蜿蜒而上。到了傍晚，多萝茜和稻草人来到一大片森林前，树木茂密葱郁，覆盖住了黄砖路。因为繁茂的枝叶纵横交错，遮挡了光线，道路显得愈发幽暗，可是他们并没有停下脚步。

在森林中走了半个小时左右，天色越来越暗，直到他们淹没在一片漆黑之中。

在黑暗中，多萝茜看不太清楚，只能拉着稻草人的胳膊前行，因为稻草人跟托斯比一样，视力很好，能看得很清楚。

“要是能找到过夜的地方，我们就歇下来。”多萝茜说，“我已经什么都看不见了。”

他们又向前走了一小段路后，稻草人停了下来。

“右边好像有一座小木屋，我们要过去吗？”

“好的，去吧！”多萝茜回答说。她也不知道

66号疯子有没有在追踪她，可是眼前的黑暗让她感到很不安，也让前行变得十分困难。

他们一起来到木屋门前，敲了敲门，可是没有人应答。

“可能是个废弃的屋子吧？”稻草人说。

“也可能是狩猎用的森林小屋，希望这儿的主人不会介意我们这样闯进去。”多萝茜说。

稻草人打开门，多萝茜和托斯比走了进去，在屋子的一个角落蜷缩着入睡了。稻草人在小屋里来回踱步，直到天亮。

机器人重遁光明

多萝茜醒来的时候，已经太阳高照了。托斯比在外面追着松鼠和小鸟，稻草人正在散步，他看起来心情很好，因为眼前没有乌鸦的踪影。

多萝茜爬起来，第一次观察了这间屋子。这间屋子很奇怪，没有厨房，没有吃的东西，也没有厕所，所有东西都是用光滑的木板做成的，每件物品都棱角分明。多萝茜伸了个懒腰，四处走走看看。

她找到了一间仓库，或许这儿存放着食物。这时，照进门缝的阳光反射在屋子中央一个奇怪的物体上，多萝茜惊讶地尖叫了起来。一个机器人模样的木匠正盯着她看，机器人的一只手还是锯子做成的。

几秒之后，多萝茜缓过神来，她注意到机器人眨了眨眼。看来，他是僵住了，一动也不能动。

托斯比和稻草人听到多萝茜的尖叫声，都跑了进来。托斯比对着这个奇怪的机器人狂吠撕咬，可机器人十分坚硬，托斯比咬了他一口，却弄疼了自己的牙，于是跑回来，躲到多萝茜身后。

接着，机器人小声地呻吟起来，听上去委屈极了。顿时，这个机器人和他锯子做的手臂都显得不那么可怕了。多萝茜和稻草人一起慢慢靠近这个奇怪的机器人，仔细查看起来。

“你好！”奇怪的机器人呻吟道，他似乎真的动不了。

“你好！”多萝茜说，“你在这儿手里举着把

锯子做什么呀？”

“我是机器人，很高兴认识你！”机器人回答说，“这是我的木工作坊，我是一个木匠。我的电池没电了，我定在这儿已经342天16个小时8分钟了。你开门的时候，阳光照了进来，我才积蓄了一点儿能量跟你说话。”

342天16个小时8分钟，真是很长一段时间了。多萝茜为机器人的绝望遭遇感到难过，问道：“我能帮你做点儿什么呢？”

“你可以把我搬到阳光下。”机器人说，“我的能量值太低了，一动也动不了。”

多萝茜和稻草人立刻把机器人从黑暗的棚舍中搬到阳光下。过了一会儿，机器人高兴地呼出一口气，锯子做的手也放松下来。

“啊，现在舒服多了！我的能量耗尽以后我就一直站在那儿，现在我充上电了，又有活力了，我太高兴了。要是你们不来，我得永远站在那儿了。你们救了我的命！可你们为什么会到这儿来呢？”

“我们要去翡翠城见睿智的奥兹。”多萝茜答道，“我们在你的小屋里借宿了一夜，这是你的房子吧？里面没有厨房，也没有厕所，不过我现在明白其中的原因了。”

“是的，跟你想的一样，我不吃饭，也不能洗澡，不过我得时常除去身上的灰尘。你们为什么要去见奥兹？很少有人会路过这儿。”

“我迷路了，不知道怎么回家。他们说关于这个世界的一切，奥兹都知道。所以我要去找他，请他告诉我回家的路。稻草人很不开心，因为他是一个稻草人，一辈子都被吊在一根竹竿上，无聊极了，他要去请奥兹给他找条别的出路。”多萝茜说。

机器人停顿片刻，思考了一阵，然后问：“你们觉得他也能帮到我吗？我是个机器人，程序设置让我做了木匠。可是我的电池总是很快就用完了，我认为木匠这个工作不适合我，可我也不知道我还能干点儿别的什么。”

“我觉得他能帮助你。”多萝茜回答说，“毕竟他什么都知道。这应该不比帮助稻草人更难吧。”

“没错！”机器人兴奋地说，“要是你们愿意让我加入，我也想去请求他的帮助。”

多萝茜和稻草人真诚地回答说：“当然可以！跟我们一起走吧。我们要沿着黄砖路向前走。”

于是，机器人加入了这个小团体。他们重新回到了黄砖路上，一起朝森林走去。

算法

机器人能加入，实在是一件很幸运的事。再次动身后不久，他们来到了一片树木丛生的密林，层层叠叠的茂盛枝叶挡住了去路，让他们无法继续前行。

多萝茜和稻草人便让机器人用锯子砍掉这些树枝。

机器人听了十分惊诧。

“什么？让我砍掉所有树枝？我们现在在一片广阔的森林里，想要砍掉这些树枝得花上好几年。再说，这也是不合法的。”

“所有的树枝？”多萝茜惊讶地说，“你怎么会这么想？我说的是砍掉这些遮住路的树枝。”

“哦，现在明白了。”机器人说，“你让我砍树枝的时候，我以为你指的是这里所有的树枝。

我是长着一颗脑袋，可是跟你的不太一样。我是个机器人，能够精确地进行计算，可是逻辑方面却不太行。要是你不告诉我具体砍哪些，我可能会把世界上所有的树枝都给砍了。”

“明白了。”多萝茜思考几秒后说道，“这也

难怪，你是个机器人，我得像操作机器一样，告诉你每一步具体该做什么。你能……砍掉那些遮挡或覆盖黄砖路的树枝吗？”

“当然可以！”机器人高兴地说。

趁着机器人清除树枝的时间，多萝茜和托斯比坐下来休息，喘了口气。稻草人不会觉得累，所以他四处走了走。

不一会儿，多萝茜想去看看机器人进展如何，于是站起来，朝他走了过去。

机器人已经清理完阻挡道路的所有树枝，他接着又爬上了一棵树，正在锯那些离地面三米多高的枝丫。

多萝茜仰头看了看，笑了。“嘿，你在做什么呢？你不用去砍那么高的地方的树枝。我们轻轻松松就能从下面走过去。”

“是你告诉我砍掉遮挡覆盖黄砖路的树枝的呀！”机器人反驳道。

“对不起，我忘了我得把每个细节都

跟你说得清清楚楚。”多萝茜有些不好意思，“我们当中最高的是稻草人，我应该告诉你，只要砍到跟他一般高的地方的树枝就可以了。下次遇到这样的情况，我一定说明确点儿。”

等机器人从树上下来，他们就沿着已经清理完毕的道路继续前行。

多萝茜对机器人的故事十分好奇。

于是他们一边穿行在丛林中，机器人一边讲起了自己的故事。

“你一直都是一个机器人木匠吗？”多萝茜问。

“嗯，是的……从我出生起就是。不过不是真正意义上的出生，我是一个在树林里造家具的人制作的。这个造家具的人年龄越来越大了，就亲手制作了我，这就是为什么我的一只手是锯子的形状。从有记忆开始，我就执行着那个老木匠给我设定的算法，不停地制作桌椅和橱柜。”

“算法？”多萝茜兴奋地问。这个词她在夏天参加的编程课上听过好多次。

“是的，算法。”机器人回答说，“比如你让我砍树枝的时候，就是给了我算法指令。”

清除树枝

站在黄砖路上，查看树枝情况

如果是

树枝遮挡覆盖了黄砖路

并且

如果是

树枝比最高的旅伴矮

砍掉树枝

如果不是

回到第一步

多萝茜慢慢开始理解了。

“就像制作一张桌子。”机器人接着说。

制作一张桌子（70cm x 140cm）

重复四次

如果有

一条桌腿

使用

如果没有

用森林里的木材制作一条桌腿

如果有

一张 70cm x 140cm 的木板

使用

如果没有

用森林里的木材制作一张 70cm x 140cm 的木板

把桌腿固定在木板上

“就像这样，我的世界里的一切事情都是依靠算法完成的。穿衣服，打开电视，甚至做一个三明治。说到哪儿了？对了，从我来到这个世界开始，我就用这些算法指令制作桌椅和别的家具。当我电池电量不足的时候，我亲爱的老木匠就把我放在阳光下，让我休息。

“可有一天，他离开后就再也没回来，我担心极了，也十分想念他。可是我还是像一个称职的好机器人那样，继续工作。直到有一天，我的电量耗尽了，就在那儿站了 342 天 16 个小时 8 分钟。我知道他不会回来了，也已经接受了现实。我必须到阳光下才能充电，因为那个作坊十分阴暗。我还有什么别的办法吗？我的一只手臂是一把锯子，可是我不能用它砍出一条出路，我绝望极了。我最终能被你搭救，真是太幸运了！我相信奥兹一定能给我想个好主意。”

稻草人说：“我多希望我是个木匠，那样的话，我就能在森林和作坊里自由行走。做个吓跑乌鸦的稻草人实在太无趣了。”

“我倒希望我是个稻草人。”机器人说，“这样我就能欣赏日落，还能整天在阳光下积蓄电量。我绝对不会有一丝怨言。”

多萝茜兴致盎然地听着他们谈论，始终一言不发。实际上，她正想着66号疯子。现在看起来他们已经脱离危险了，可是她还是有一种不祥的预感。她只盼着能早点儿见到奥兹。

编程用语词典

算法

算法指的是解决一个问题时，需要经历的过程。问题的解决方案被一步一步详细列出。

就像机器人一样，我们的生活是由成千上万个算法组成的。例如，“去上学”“穿衣”“打开电视”等，都属于算法。

所有的电脑程序都是建立在算法的基础上的。我们用计算机代码语言完成算法的编写，来告诉

计算机应该做什么。这就是编程。

实际上，电脑并没有那么聪明！它们有强大的芯片，可是没有大脑也没有心，不能读

懂你的意图，也没有自己的意志。如果你不把你想让它们做什么写出来，那电脑就什么也做不了。就像机器人砍树枝一样，你得把每一步的细节都写出来，而且不能漏掉任何可能性。

条件

编写算法的时候，对不同的情况，我们常常需要提供不同的计算机指令。这时，我们需要用到IF/NOT（如果是 / 不是）指令。

到达奥兹

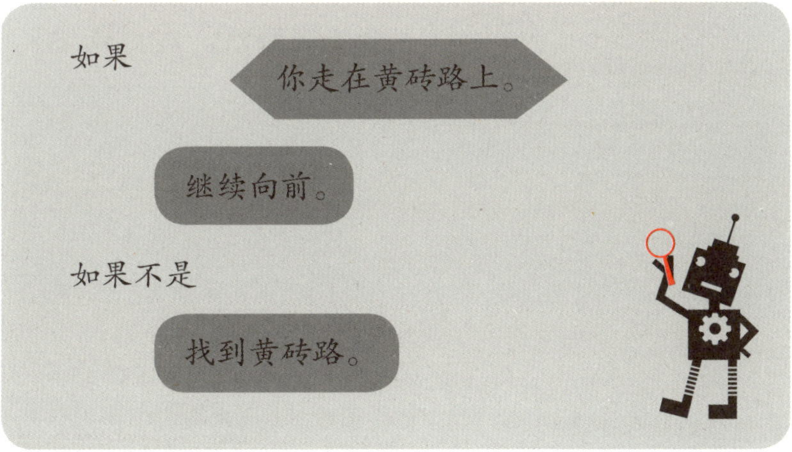

循环

在编写算法时，如果要重复给出相同的指令，就可以用到“循环”，而不用不断给出同一指令。

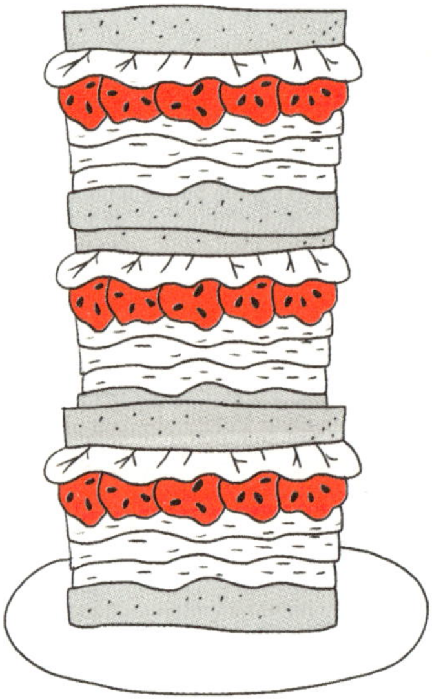

例如：

看电视的时候，我们可以不断地换台，直到找到喜欢的电视节目。又比如，我们可以让机器人做十个三明治。我们只需要告诉它一次三明治的做法，然后让它重复十次。

做十个三明治

重复十次

- 拿出一片面包，
- 在上面放一片西红柿，
- 在上面放一片芝士，
- 在上面放一片生菜叶，
- 盖上一片面包。
- 适当加热。

可怕的狮子

多萝茜和她的同伴们在森林里走了很长一段时间，虽然这条路仍然是用黄砖铺砌的，但树木越来越茂密。他们靠着机器人的帮助，克服障碍，一路向前。

“我们还要多久才能走出森林？”多萝茜问机器人。

“我也不知道，我从来没去过翡翠城，不过我希望我们很快就能到达。我听说这片土地上有野兽出没。”机器人回答道。

突然，密林里传来一声咆哮，紧接着，一头巨大的狮子跳到他们跟前。它大爪子一挥，把稻草人击倒在路旁；随后它又向机器人发起攻击，脑袋一顶就使他滚到路的另一边。

面对劲敌，托斯比勇敢地朝着它狂吠。虽然

狮子张开了血盆大口，但爱托斯比胜过自己性命的多萝茜，不顾危险地冲上前去，狠狠地猛拍狮子的头。

“把你的臭嘴挪开！”多萝茜高声呵斥道，“你这个大野兽！只会欺负一只瘦弱的小狗！”

狮子用爪子揉了揉脸，“我没有咬到它。”它说道。

“可你刚才就是想咬它！”多萝茜怒气冲冲地

吼道。

狮子十分懊恼，惭愧地低下头。“我也为自己感到羞愧，可我还能怎么做呢？”

“我怎么知道。”多萝茜说，“你怎么能打一个身体里塞满稻草的弱小的人呢？”

“稻草？难怪他这么轻。”狮子说，“那另外一个也是用稻草做的吗？”

“不是，他是铁皮做的。”多萝茜说。

“难怪我的爪子碰到他会发出奇怪的声音，像是用指甲刮到黑板一样，那么刺耳。”狮子打了个冷战，“那只想攻击我的小兽又是什么？”

“它是我的小狗，名叫托斯比。”多萝茜自豪地说，“它是一只约克夏犬，我三年前从动物救助中心领养了它，从此我们就形影不离。”

“它是铁皮做的还是稻草做的？”狮子问。

“都不是，它是一只有血有肉的小狗！”说着，多萝茜抱起托斯比，轻抚安慰起来。

“啊！真是一只又奇怪又可爱的小动物。”狮子说，“真对不起，我吓到它了。人类和动物都

害怕我，我天生就这样，是一个谁都害怕的大野兽。我也没有朋友。大象总是一家一家地走在一起，连鸟儿都是成群结伴的，只有我孤孤单单的一个。”

狮子说着，不禁哭了起来。

“好了……嗯……其实，你也没那么可怕。你别哭了。”多萝茜安慰着泪流不止的狮子。

狮子啜泣着说：“人们都说狮子是百兽之王，可有人问过我想不想当这个王吗？也许我就想当一只猴子呢！我为什么不能当一只猴子？”它开始胡言乱语起来。

“猴子，你想当一只猴子？”多萝茜问道。她还从来没听说过哪只狮子愿意变成猴子的。

“我就是打个比方……”狮子回答道，“我并不是说我喜欢吃香蕉或者挂在树上。”

它逐渐平静下来。

“你们来这儿做什么呢？”狮子问，“对不起，我光顾着说自己的麻烦了。”

于是多萝茜解释起了前因后果。

“我迷路了，要去翡翠城找奥兹。我要请他告诉我怎么才能回家。我那个用稻草塞成的朋友是稻草人，可他不想当一个稻草人了。他讨厌乌鸦，也不想再被困在一片地里了。他要去找奥兹给他点儿职业建议。另外那个用铁皮做成的朋友是机器人，他是个靠太阳能运转的木匠，可是他在室内工作的时候很快就会把能量耗完，所以他觉得木工不适合他，想去问问奥兹该怎么办。长话短说，我们都是去找奥兹帮忙的。”

“啊，那你说奥兹可以帮到我吗？”狮子好奇地问，“我也不想像现在这么吓人了。”

这时候，稻草人和机器人都缓了过来，从地上爬起来。

“有什么不行呢？”稻草人说。

“我们的问题各不相同。”机器人说，“不过他应该也能帮到你。”

“那要是你们不介意，我想跟你们一起去。”狮子说。

“我们很乐意与你同行。”多萝茜说，“你能帮我们吓跑别的野兽。”再说，要是66号疯子找来了，他们的阵营里多了一头狮子，这让多萝茜多了一丝安全感。

于是，这个愈发异乎寻常的组合又一次踏上了旅途。

河流的困境

那一天，他们一间屋子都没看见，只好在一棵大树下露宿一夜。多萝茜用在一次露营时爸爸教她的法子，生了一小堆篝火。可是稻草人很害

怕火苗。

“只要一丁点儿火星就能把我烧成灰烬。”稻草人说。

他说得没错。

他们在篝火旁休息了一会儿，便把火扑灭了。

稻草人发现了一棵核桃树，于是给多萝茜摘了很多核桃。机器人和狮子用干树叶给她做了一张床，她便跟托斯比依偎着，一直酣睡到天亮。

第二天，当太阳从地平线上升起时，大家已经开始向翡翠城进发，越往前走树木变得越稀疏。正午时分，他们来到一条大河前。

河的对岸，黄砖路继续向前延伸，蜿蜒进入一片开着各色鲜花的葱郁青草地，路的两边是一棵棵结满累累硕果的树。

“太美了！”多萝茜说，“可是我们怎么过去呢？我们可以游过去吗？”

“怎么可能！”稻草人说，“我是稻草做的，只会顺着水流漂走。机器人沾了水会生锈。不过我有个主意！旁边就是森林，我们当中有个经验

丰富的木匠。我们为什么不造一艘船呢？”

“我从来没造过船，不过我可以试试。”机器人说，“你们只需要跟我描述该怎么做，就像之前那样。”

于是，多萝茜、稻草人和狮子开始动起脑筋来，可是他们各自的方案大不相同，讨论了很长时间也没能拿定主意。

狮子坚持说得先造船的帆，稻草人觉得不对，他们应该造一艘木划艇，所以得先造船身。

过了好一会儿多萝茜才开口说：“好了，我们不能这么争论下去。首先，我们得决定造一艘什么船，然后再讨论具体该怎么造。”

于是同样的争论又开始了，狮子仍旧想造一艘帆船。

“你从来没看过海盗电影吗？我们一定要有帆才行！”

稻草人并没有评论是不是一定得有帆，可是他坚持船身得有两个舱。

多萝茜烦躁了好一会儿，然后意识到自己得主导这场讨论。

“好了，够了。”她大声说，“很明显，我们需要先找到问题所在。我们需要解决的问题是什么？”她问。

稻草人立马回答说：“我们需要过河。”

“对，没错，我们需要过河。”多萝茜说，“那么我们需要过河的工具，而不是要造一艘漂亮的船。如果把托斯比算进去，我们一共五个人。所以我们得设计一艘坐得下五个人的船。我们需要帆吗？”她问。

“应该不需要。”狮子说，“这条河也没那么宽，可是我们需要用来在水流中掌握方向的东西。”

“我们可以造几

支桨。”稻草人说，“还能用桨把船推进河里。”

“我们需要船舱吗？”多萝茜问。

“嗯……其实也不用。过河也用不了半小时。”稻草人说，“连船身也不需要，要是我们把树干连起来，排成一个足够大的长方形，我们就都能坐上去。那么，能载我们五个过河的，就是一个两平方米的木舟和两支长桨，对吗？”

“没错！”狮子回答说，“那我们怎么跟机器人说呢？他得用到上百段木材，这可是个大工程。”

“实际上，所有的大问题都是由很多小问题组成的。”多萝茜睿智地说，“一艘船是由很多木板组合而成的，我们先告诉他需要用到的树干的标准，再告诉他把这些树干如何连接组装起来。然后，机器人只要不停地重复这些步骤，我们的船就能造好。”

“太聪明了！”稻草人说。

于是他们就照做了。

首先，他们找到了一根两米长的树干。

然后一个字一个字地告诉机器人：

重复这个步骤五十次

找到这样的树干

把它与这一根树干并排连起来

机器人立马开始了工作。

抵达河对岸

多萝茜坐在一棵高大的核桃树的树荫下，靠在树干上歇息。穿过森林的那一段旅程，虽然惊险不断，但好在已经结束了。

在他们面前展开的这片郁郁葱葱的美丽田园，将带着他们最终抵达翡翠城。

虽然眼前还隔着一条大河，但机器人下午的时候就能把木舟造好。

狮子找到了两根可以做桨的树干，正当他们准备登船时，一个穿着格子衬衫的男人从灌木丛中一跃而出。

“哈！最终还是被我抓到了，你真以为能逃出我的手掌心吗？”

他像一头愤怒的疯牛一样，径直向多萝茜冲过来。

多萝茜从来没像此刻这样害怕过。

“赶快上船！”她一边大叫，一边抱起了托斯比。

多萝茜坐到木舟的中间，当狮子跳上来时，整个船开始剧烈地摇晃，倾斜得十分厉害，然后机器人和稻草人也跳了上来，船才终于平稳了下来。

离开河岸的瞬间，狮子叫道：“糟糕！”他们准备用来做桨的树干落在岸边了。

不久，他们就开始在越来越湍急的河流中颠簸回旋，而河岸上，66 号疯子正冲着他们歇斯底里地大喊：“我会抓到你的！你跑不了！”

几个小伙伴都吓傻了，完全不知道该怎么办，只能任由木舟在浪尖上起起伏伏。不过好在没过一会儿，66 号疯子就消失了，他们悬在半空的心也稍稍放下来一点儿。

“我们现在怎么办？”稻草人问。

狮子说：“我觉得我可以游到对岸去，要是我不在上面，船就会轻一点儿，机器人可以抓住我的尾巴，你们两个可以用手划水。”说完，它跳进了河里。

机器人用尽力气死死抓住狮子的尾巴，多萝茜挪到船的一边，用双手拼命划起水来。经过一阵努力之后，他们慢慢靠岸了。

大家好不容易爬上岸边的青草地，每个人都已经筋疲力尽了。狮子晃动着脑袋，甩了甩鬃毛上的水，问道：“多萝茜，那个人是谁啊？你为什么要逃跑？”

“我没跟你们说过我是怎么到奥兹国的，对吗？”多萝茜说，“那个人叫66号疯子，他是蓝色城的统治者，是个魔力强大、十分可怕的人。

我到奥兹国的时候，正好砸中了他，让他掉下了悬崖。我以为他摔死了，不过现在看来，他还活着。显然，他是来找我报仇的。”

“怎么报仇？”稻草人天真地问。

“我也不知道。”多萝茜说，“他把所有的村民都变成了他的奴隶，让他们在矿井里劳作，我猜他也会把我送去某个矿井吧。”

“太可怕了！”机器人说。

“是的。”多萝茜点点头，“我非常害怕他。”

“幸好我们把他甩掉了。”狮子说，“不过，我们已经错过了黄砖路。”

“我们得尽快回到黄砖路上去。”多萝茜说，“我觉得现在最好的办法就是沿着河岸往上游走，直到我们回到黄砖路上。不过眼下最重要的，是找个过夜的地方。”

他们休息了一阵，多萝茜终于重新振作精神，挎上她的篮子，带着大家往上游方向走去。天色逐渐暗下来，这时，他们看到河边一块耕作整齐的田地旁有一座小房子，房顶的烟囱还冒着缕缕青烟。

小房子仿佛散发着幸福的光晕，他们决定去敲门试试。也许小房子的主人能让他们借宿一晚。

一个慈祥和蔼的老人应声开了门，看到门廊上这群奇怪的不速之客，先是吃了一惊，上下打量他们后，便邀请他们进了屋。

河畔小屋

“你们好！”老人说，“我的名字叫威顿，你们都是谁呀？”

“我叫多萝茜，这是我的小狗托斯比，他们是我的朋友——稻草人先生、狮子先生和机器人先生。我们要去翡翠城，可是过河的途中，我们的船被浪冲到了离黄砖路很远的地方。我们能不能在这儿借宿一晚呢？”

“当然可以！”这个叫威顿的老人说，“我特别喜欢招待朋友，我去给你们准备晚餐，你们吃饭的时候，我再铺床。你看起来累极了。”

他立马就去做晚饭了。过了一会儿，他给多萝茜端来一些糕点和米饭，给托斯比做了上好的狗食，还给狮子准备了羊排。狮子和托斯比都大口地吃了起来，多萝茜则坐在椅子上，往后斜靠

在椅背上。她没什么胃口。稻草人和机器人则舒舒服服地坐在椅子上休息。

歇息一会儿后，多萝茜才开始注意到小屋内的布置。这是一座很漂亮，却不太寻常的房子，墙上挂着威顿自己绘制的美丽山水田园画。面朝河的窗户前支着一个很大的帆布画板，桌子上放着几桶颜料，另一扇窗户旁边摆着一盏多萝茜从来没见过的大灯笼，还连接着一些绞在一起的电线和工具。

“这是什么？”多萝茜好奇地问。

“啊，那个啊！”威顿兴奋地讲述起来，“河对岸住着一个我从来没见过的女士。几个月前，她刚搬进那座房子的时候，在面朝我家的方向放了一盏大灯笼，那灯笼一开一关，有的时候，灯只亮短暂的一瞬，有的时候却持续好几秒。就好像她想要向我传达什么一样，一长，两短；一长，一短……很长一段时间，我都不明白是什么意思。

后来有一天，我在河边散步的时候，找到了一本小册子。小册子封面上写着《ASCII：美国信息交换标准代码》，上面还写着‘马库斯·P私人物品’。”

“马库斯·P私人物品？”多萝茜问。

她一下来了精神。这正是她在帕洛阿托戴上的那副眼镜上的名字。这是她来到这里以后，得到的唯一连接奥兹国与她原来的世界的信息。也许这能帮她找到回去的方法。

“还有呢？那本小册子里面写了什么？”她的声音在颤抖。

“小册子里没什么内容，就是一个列表。每个字母表上的字母都对应着一串八位数的数字。比方说，‘A-01000001’，那么01000001就代表字母A。看吧，就是这个册子。”

多萝茜觉得有些困惑，不过还是很感兴趣地听着。

“那天晚上，河对岸的灯笼又开始闪了起来，于是我换了种方式来解读这些闪烁的信号。每当

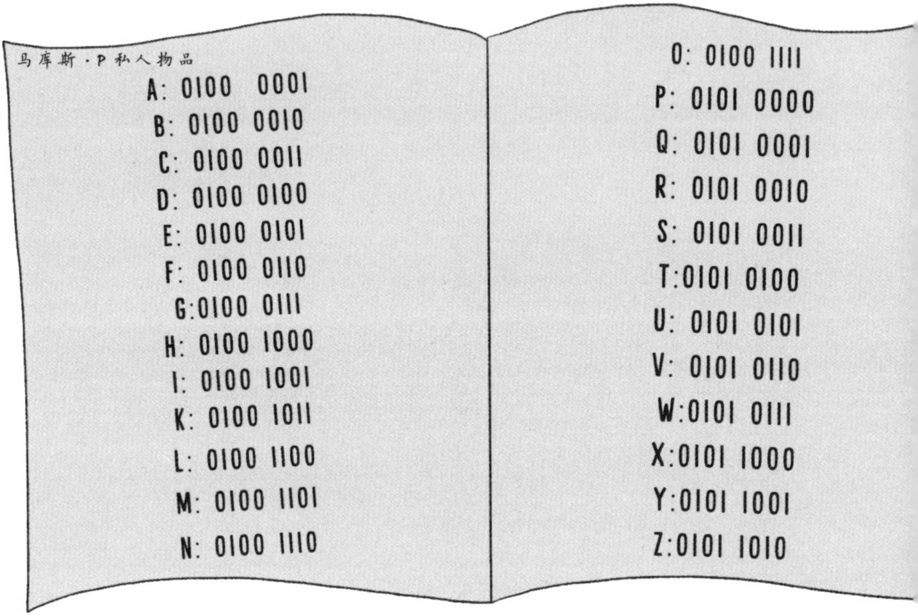

灯笼长亮一次，我就在纸上写个‘1’，如果只是短暂地闪一下，我就记下‘0’。然后，我把记下的数字串跟小册子上的一一比对了一下。你猜怎么了？”

“怎么了？”大家齐声问道。多萝茜希望能从中找到回家的线索。

“字母拼出来竟然是‘hello’！那个女士竟然在跟我说‘你好’！你能相信吗？于是我也买了一

个灯笼，用这个几长几短的系统，也给她发送了‘你好’。于是我们就这样认识了。我们互相告诉了彼此的名字，然后聊了起来。她是这个世界上离我的心最近的一个人，如果没有她，我的生活会多么空虚。”

这个故事十分有趣，可是多萝茜满心想的都是找到回家的路。很显然，威顿并不知道这本小册子是从哪儿来的。不过，她还是继续追问。

“那这是什么？”她指着灯笼旁的一个机器问道，这东西看起来像一个老式打字机。

“这是我的发明，我十分引以自豪。”威顿又开始解释起来，“传递一个字母就要开关八次灯，实在是很费工夫，于是我就发明了一个把字母转化成信号的机器。然后我再一步一步地跟她解释，于是她也造了一个一模一样的。现在我们聊天就快了许多！”

“这是台电脑！”多萝茜说，“你做了一台电脑……你甚至还建了最基础的网络！”

“什么？”威顿问道。看起来，他像是第一次

听到这个词。

“电脑。在我原来的世界有很多，我们那儿差不多每个人的工作都是靠电脑完成的。在这以前，我还从来没思考过电脑是怎么运作的！”

“你说是就是吧。”威顿耸耸肩，说道，“我现在有个需要解决的问题。要是你原来的世界有很多这样的机器，那你也许能帮到我。你可能也看出来了，我是个画家，自打开始跟我的新朋友露娜聊天，我就一直想把我画的画给她看看。虽然可以口头描述一些风景，可是我还是想把我的画发送到河对岸去。这能办到吗？”

“当然能。”多萝茜说，“我们什么都可以传送。照片、音乐、录像。我甚至还听说他们正在研究怎么传送气味。”

“那怎么弄呢？”威顿兴奋地问，“你能告诉我吗？”

“这个……”多萝茜说，“其实我也不知道，在我们那里，我只需要按一个键，就立刻发送了。我还从来没想过到底是怎么办到的。”

看到威顿失落的神情，多萝茜感到十分惭愧。作为一个想成为软件工程师的女孩，竟然从来没思考过自己生活中这个必不可少的工具是怎么运作的，这突然显得有些不可思议。她打算一回到家，就立马一探究竟……当然前提是如果她还能回去的话。她现在十分想家。

吃甜点时，大家都陷入了沉默。吃完以后，威顿说：“挺晚了，我给你们铺床吧。”

他向小英雄们道了晚安后，大家都躺到了舒适蓬松的床上。

编程用语词典

二进制系统

试想一下，只用数字跟朋友描述一部电影的所有场景，是不是觉得不太可能？但是，当我们用电脑看电影、上网、听音乐的时候，我们所看到的、听到的一切都仅由两个字符组成：1 和 0。我们用 10 个字符的系统来表达所有的数学公式，用 0 到 9 这 10 个字符进行组合就能描述一切数字。电脑的硬盘只能记录两个字符。电路断开，则为 0；电路闭合，则为 1。许多个 1 和 0 共同组合成字母、色彩和声音。这是不是很神奇呢？

海战棋

多萝茜很快就进入梦乡，一觉睡到了大天亮。当她醒来时，她的朋友们都已经起床，正围坐在餐桌旁。

正当威顿给多萝茜倒茶时，多萝茜突然大叫道：“我想到了！”

她的朋友们和威顿都吃惊地望着她，多萝茜

解释道："我想到怎么把图片传送给露娜了！你玩过海战棋吗？"

"没有，我从来没玩过，海战棋是什么？"威顿好奇地问。

"海战棋是一个两个人玩的游戏。两个玩家把自己的战舰分别排列在各自那张 10×10 的方格子棋盘上，但是，不可以告诉对方自己的战舰都摆在哪儿。然后，两个人分别袭击对方棋盘格子上的坐标。比如说，我可以对 A8 坐标发射炮弹。你再看看自己棋盘格子上的 A8 坐标，要是那儿正好

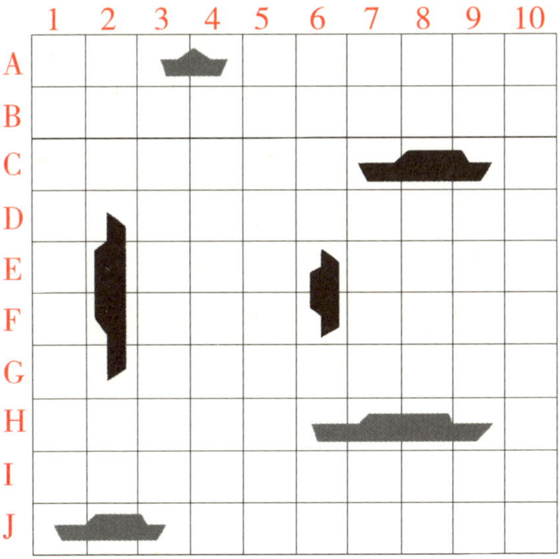

有一艘你的战舰，那就被我成功击沉了。”

“那……”威顿挠着脑袋说。他不明白多萝茜什么意思，也不知道这二者有什么关联。

“像素坐标！”多萝茜兴奋地说，“我是靠坐标来袭击你棋盘上的 A8 的。要是你想把一副 10×10 的画传送给露娜，你需要把每个坐标的颜色一一发送给她。比方说这样。”

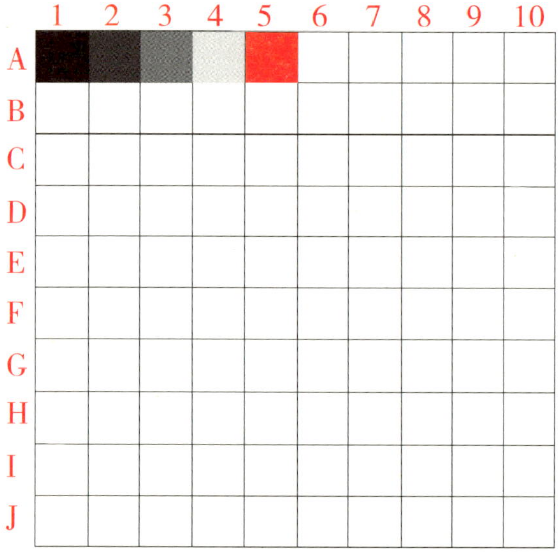

A1：绿色　A2：黄色　A3：绿色

A4：蓝色　A5：蓝色　A6：蓝色

A7：蓝色

“啊哈！”威顿现在终于明白了，“这个主意真是太妙了！我怎么从来没想到。你真是个天才！我今后能给她发送有各种细节的图片了！”

“不过，你得增加很多像素坐标。”多萝茜补充道。

“是的，我需要增加像素坐标。真是太感谢你了！”

早饭后，他们便向老人辞行了。威顿在多萝茜的篮子里塞满了三明治，还给她仔细描述了怎

么走回黄砖路，然后嘱咐他们一路小心。

跟前一天预想的一样，他们将沿着河岸逆流而上，直到回到黄砖路上。这段路途不算太长，不过他们得在一片荒野森林中行走一段距离。糟糕的是，66 号疯子随时可能发现他们的踪迹。

编程用语词典

ASCII：美国信息交换标准代码

使用美国信息交换标准代码进行数据交流时，将 0 和 1 转化成字母和符号。还记得威顿家那本马库斯的小册子吗？每一组由 1 和 0 组成的八位数字串对应着一个字母或者符号——比如问号或者逗号。想象一下，全部用 001011011 这样一串一串的数字，给一个朋友写一封信。可能一晚上只能写两行字！而电脑就是这么运作的，不过他们的运行速度非常快！

* 美国信息交换标准代码

绿色森林

多萝茜和朋友们默不作声地并肩走着。

艳阳当空高照，让人感觉暑热难耐。这时候，一件古怪的事情出现了，一头独角兽和一只长颈鹿正护送着一匹不停打着喷嚏的斑马走出森林。这匹斑马不能独自行走，它打着喷嚏，飞沫四溅，

神情痛苦不堪。斑马的两个同伴扶着它在河滩上躺下，等它打完一连串喷嚏。

多萝茜跟她的朋友们好奇地看着，然后慢慢靠近了这几个动物。

多萝茜轻轻咳嗽了一声，问道："上帝保佑！有什么需要我们帮忙吗？"

独角兽绝望地说："要是能就好了！我叫艾伦，是这片绿色森林的医生。我们陪生病的斑马来这里已经好几天了，可是完全不知道该怎么办。几个小时前它好一点儿了，我们正准备带它回森林。可是就在刚才，它又开始打喷嚏了。我猜它可能是对住在绿色森林里的什么动物过敏。要是能找出它到底对哪个动物过敏，我就能给它配药。可是因为我们都住在一起，实在找不出是谁造成的。自从那匹木马出现以后，一切就越来越糟了，我每天都得加班加点地工作！我实在不知道该怎么办了。"

独角兽倾诉的时候，斑马打喷嚏的症状缓解了一点儿。它看起来筋疲力尽，眼睛也红红的。

稻草人十分同情斑马，为它感到难过。“我们一定要帮它做点儿什么。你们看呀，它难受极了。”稻草人叹了口气说道。

“其实我也想过让森林里的动物一个一个来河边跟斑马接触。”独角兽说，“可是这太费时间了。绿色森林里住着 512 个动物。另外，想要说服羊妈妈跟她的孩子分开几个小时来河边，实在是不容易。”

多萝茜开始思考起来。如果它们排顺序时不

够走运，要找的那只动物被排在了最后面，那它们得让 512 个动物都来到河边。确实得费好长时间。一定要找到更好的办法才行。

突然，她想到了一个绝妙的数学方法。

“如果你让一半的动物同时来河岸呢？”她激动地问独角兽。

“我没明白，这有什么用呢？”独角兽回答。

“你们这儿有 512 个动物，对吗？假设你把其中 256 个带到森林的另一端，然后把剩下的带到河边，再让斑马分别去跟两组动物接触。如果它在哪组开始打喷嚏了，就把那一组再分成 128 个跟 128 个。然后让斑马去验证，并且把让斑马打喷嚏的那组动物再分成两半，直到找出那一个真正让斑马过敏的动物。这样你就不用让羊妈妈和自己的孩子分开那么长时间了。”

“这不也很费时间吗？”独角兽怀疑地问道。它试着去理解多萝茜的逻辑，尾巴不停地左右甩动着。

斑马终于恢复了一点儿体力，也开始聚精会神地听多萝茜说话。现在，它终于有了一点儿开口说话的力气。“我觉得这个办法可行。”斑马说，“我明白你的意思，我们先把 512 个动物分成两组：256 跟 256。然后把让我打喷嚏的那组再分成 128 跟 128 两组，接着是 64 和 64，32 和 32……”

“接下来是 16 和 16，”独角兽眉头微皱，接着数道，“8和8，4和4，2和2，最后是1和1。”

“用这种方法，我们只需要试9次就能找出我到底对谁过敏。”斑马兴奋地说，“这真是个绝妙的主意！”

“可是我们还有一个问题。”独角兽说，“谁来负责动物分组呢？”

话音刚落，大家一齐看向了一直没说话的狮子。狮子安静地坐在地上，不停地左右晃动着尾巴。

当它注意到所有人都看着自己的时候，狮子说道：“什么？让我给它们分组？它们会听我的吗？每个人都害怕我！”

“当然是你。”独角兽淡定地说，“请你一定要帮我们。它们会听你的，不是因为你很可怕，而是因为它们尊重你。你是森林之王，看看你自己啊，你比我们都强壮。请你帮帮斑马吧！”

狮子第一次觉得十分自豪。它站了起来，像猫一样甩着尾巴。

它大声说道：“那就这么办吧，让我们一起找到让可怜的斑马生病的缘由。”

计划进展得很顺利，当动物看到狮子的时候，立刻排好队。在它的帮助下，绿色森林里的全部动物被归入两组。当斑马靠近第二组时，马上开始打喷嚏，于是他们又把第二组分成了两半，然后像这样，一步步按照计划推行。

不出几个钟头，他们就发现让斑马过敏的是一只小狐猴幼崽。森林医师独角兽立马开始配药：它把狐猴的毛、一小片椴树叶、几个蜗牛壳和一点儿椰汁倒入一只铁罐里，然后把铁罐放在火堆上，慢慢熬煮。

多萝茜突然想起什么，问独角兽：“我们在河边的时候，你跟我们提到了一匹木马。它和斑马的过敏有什么关系吗？”

“哦，是这样的，”独角兽说，“在森林的另一端，有一道防火墙，从我们出生到现在，那道墙就一直在那儿。传说，这道防火墙是为了保护我们不受野狼和其他生物的侵害。这些生物都不能通过防火墙燃烧的火焰，因此我们得以维持这

里平静安宁的生活。我们这里的动物也很喜欢去防火墙边取暖。大约十天前，一匹大木马出现在防火墙边，这可是我们从来没遇到过的。从那以后，森林里就陆续发生了很多奇奇怪怪的事情：

有一天，大公鸡们突然变声了，都开始咕咕地叫起来；另一天，兔妈妈生出了一只松鼠；现在斑马又过敏了。跟我来，我带你们去那儿看看。也许你们能明白是怎么回事。那真是一匹奇怪的马。”

“好，走吧。”多萝茜说。她开始思考起防火墙和木马，希望自己能帮助到绿色森林里的动物们。

等独角兽把药剂配好，给斑马服下，独角兽、多萝茜、稻草人、机器人和狮子就向森林的另一端走去。这道防火墙的火焰着实奇怪，像被细绳穿成一串，看上去薄薄的，而且一点儿都不会飘出来。火焰前的一个角落里，站着一匹木马。多萝茜一眼就认出它来了。

“这是特洛伊木马！”多萝茜惊讶地说。

“什么马？”大家齐声问道。

“特洛伊木马！去年我去妈妈的故乡——土耳其的恰纳卡莱的时候看到过。传说，阿拉伯人在进攻特洛伊城时，用了一个小战术，他们建造了一个巨大的木马，把士兵都装进木马的肚子里。然后他们佯装撤退，并且把木马当成礼物留了下来。等特洛伊人把木马运入城墙内之后，阿拉伯士兵从木马肚子里一拥而出，攻占了特洛伊城。”

“你说的我不太明白。”独角兽说。特洛伊、恰纳卡莱、战术……这一切让它感到十分困惑。

“长话短说，如果这是一匹特洛伊木马，那上

面一定有门或者别的什么机关。我们过去查看一下就知道了。”多萝茜说着，朝木马走去。

当他们靠近的时候，发现木马十分庞大。他们寻了好一会儿，才找到秘密入口，然后没费什么工夫就找到了打开门的扳手。他们扳动扳手，多萝茜突然尖叫起来，拼命地甩手。原来，当他们打开门时，一些蠕虫从顶上掉落到了他们身上。等她把手上的蠕虫甩开，大家都把头探入木马身体里边去看。可里边空空如也。

“这儿除了些蠕虫什么都没有。”独角兽说，“我以为我们能发现点儿什么，可是里边是空的。”

稻草人却开始惶恐起来，“我们还是把门关上吧。我不能像你那样把虫子甩开，要是它们钻进我身体的稻草秆里，我一定会痒死的。”

“你觉得……”狮子说，“这一连串不寻常的

事情，会不会是这些蠕虫造成的？这些蠕虫会不会是感染了什么病毒？”

“可是你看，它们多可爱啊。”多萝茜凑近那些蠕虫观察起来，“这么可爱的小东西，怎么会有危险呢？”

等他们关上门的时候，多萝茜突然感觉到有什么人正监视着他们。她转过身，看向森林。

正盯着他们看的，是一个个子高高、脸色苍白的金发男人。他的左脸颊上有一道很深的丑陋的疤。他发现多萝茜在看他，立刻就消失在了树林的阴影中。

“我们回去吧！”独角兽说，“我

得回去看看斑马怎么样了。”

“我们也还有好长的路要赶呢。”机器人说。

多萝茜耸耸肩，庆幸窥伺他们的不是66号疯子。

于是，他们都朝着河边的森林入口处走去。

森林里所有的动物都向狮子鞠躬，告诉它自己很高兴能认识它。

查看木马的这会儿工夫，斑马已经康复了。它十分高兴，一见到多萝茜和狮子，就热情地拥抱了他们。

编程用语词典

二分查找法

计算机会运用到多种查找算法，其中最有名的就是二分查找法，即故事中帮助斑马找到过敏原的查找方法。运用这种查找方法时，我们每一步都把所有数据一分为二，再进行查找，以节省时间。

安全网关 / 防火墙

防火墙是保护你的计算机、平板电脑和手机的一道屏障，可防止病毒、网络蠕虫和互联网上别的有害软件的入侵。现在电脑上自带防火墙已经很常见了，可如果你想进一步提高安全系数，就需要再加一道防火墙。

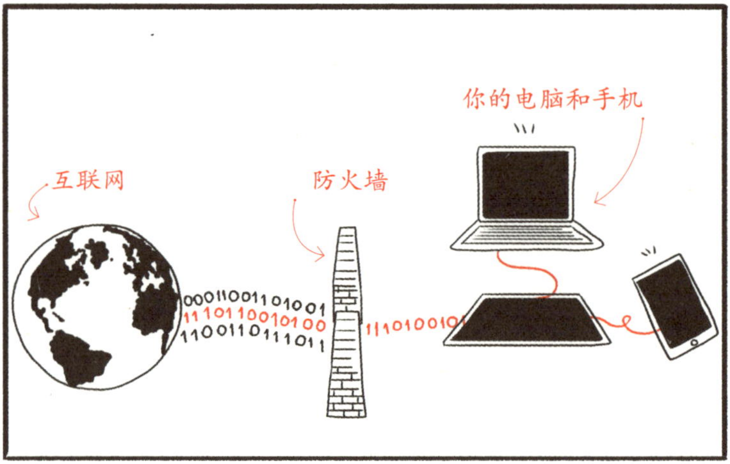

木马 / 特洛伊木马

特洛伊木马，简称木马，是一种恶意电脑程序，一开始看上去可能有用，但实际上包含了恶意代码，黑客能以此来迷惑他人，入侵防火墙。

比如，你以为你下载了一个好玩的小游戏，其实可能是个陷阱。因此，不要从任何你不信任的网站上下载任何内容，也不要打开来路不明的电子邮件。特洛伊木马可以植入病毒，但自身并不是一种病毒。

蠕虫病毒

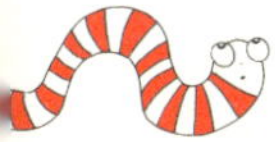

蠕虫病毒是一种计算机病毒，一旦进入你的电脑或者操作系统，蠕虫病毒就能独立运行，控制你电脑上的文件和信息处理系统。蠕虫病毒最大的威胁就是它超快的自我复制能力。

例如，蠕虫病毒能自主向你社交媒体上所有的朋友发送自我复制的病毒程序，然后再去感染你朋友的朋友。蠕虫病毒传播得很快，并且能造成多种问题。

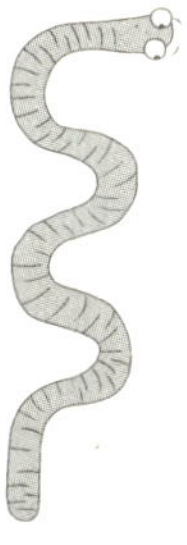

道路维修

他们离开森林以后，很快就回到了河边。跟老威顿描述的一样，他们最终又回到了黄砖路上。

过了一会儿，多萝茜意识到她从早上开始就没吃过东西，于是决定吃一个威顿放在她篮子里的三明治。很奇怪，来到这里以后，多萝茜一点儿都不觉得饿，她平常很爱吃东西，常常不一会儿就饿得肚子咕咕叫了。她猜想，或许奥兹国的人是不会觉得饿的。这时，她想起了妈妈做的饭菜，这使她更想家了。

打开篮子的时候，她

大吃一惊，三明治都不见了，在那本旧笔记本上，还爬着一只小蠕虫。

“哇！”多萝茜说，“三明治可能是被森林里的猴子给顺走了。这么一只小蠕虫一定吃不了那么多三明治。”

可她又想起，这一路上自己并没有把篮子放下来过。难道真的是这只小蠕虫吃光了所有的三明治吗？多萝茜又想起了那一群蠕虫，以及森林里发生的诡异事件，还有那个脸上有疤的男人。她猜测，或许这些事情都是有关联的。

“随便吧……”多萝茜嘀咕道，“反正我很快就要回家了，没有三明治也不要紧。”

重新走在黄砖路上，她感到心里踏实了许多。他们走了一会儿，一个巨大的路障阻断了去路。路障上的标牌上写着几个很大的字：“道路维修！禁止通行！”

旁边另一个路标写着“请走此路”，箭头指向一条蓝砖铺成的路。

“噢！”多萝茜说，“这儿正在修路。”

“我希望新的路是一条捷径。”狮子说，“我的爪子都走疼了。”

于是他们一起换到了蓝砖路上。

又过了一会儿，他们走上了一座横跨大峡谷的木桥。桥下是一条缓缓流淌着河水的美丽河流。木桥配合蓝砖路，也被漆成了蓝色。

桥身很窄，所以他们只能排成一纵队，一个一个地通过。过桥后，拐了一个弯儿，他们发现

蓝砖路被一栋根本无法通过的高墙阻断了。

这堵墙又高又坚硬，墙的两端是两座高高的山峰，既不能绕行，也爬不上去。

“我们走的路对吗？”稻草人疑惑地问。

“你没看见指示我们走过来的路标吗？”机器人说。

多萝茜觉察出一丝异样，对蓝砖路和这堵墙心生疑窦。

“我觉得我们应该折返回去，我们刚才就不该离开黄砖路，赶快往回走吧！”

说罢，多萝茜扭头往回走。其他人都跟着多萝茜匆匆往桥的方向赶去。

当他们返回木桥时，发现 66 号疯子就站在那儿，正冲他们咧着嘴笑着。

多萝茜紧张得心脏仿佛漏跳了一拍：他们被困住了！

破旧的笔记本

“你以为能逃得出我的手掌心吗？”66 号疯子冷酷地说。他高大的身躯堵住了上桥的路，他用尖锐冷峻的目光死死盯住多萝茜。

多萝茜恐惧极了。她无处可逃，头脑飞速运转着。

“上次在河边被你侥幸逃脱了。”66 号疯子

说，“你以为我会让你不经过我的允许，就在这儿大摇大摆到处乱走吗？你先是把我撞下悬崖，又偷了我的东西，现在还想去找奥兹让你回家？我绝对不会允许你这么做。我会把你关起来！”

监牢？一想到可能再也见不到爸爸妈妈了，多萝茜害怕极了。一定还有办法，她一定要想办法脱险。

狮子！她心想，也许狮子可以帮她。或许她可以趁66号疯子没有察觉的时候，暗示一下狮子。为了掩饰自己的计划，她开始拖延时间。“我不知道你在说什么。我什么都没偷！”说话的同时，她悄悄向狮子旁边挪去。当靠近狮子时，多萝茜轻轻拽了拽狮子的尾巴。狮子立刻明白了，猛地向66号疯子扑了上去。

“停止！别动！”66号疯子大叫道。然后，奇怪的事情发生了。

狮子停了下来，低下了头，仿佛被什么定住了身子一样。

“现在开始攻击！”66号疯子嘶声命令道。

狮子遵照66号疯子的指令，先攻击了机器人，它一爪挥了过去，把机器人重重地摔在了岩石上。机器人滚落到地上，身体也裂开了，一动也不能动。然后狮子又跳到稻草人身上，用獠牙撕开了他的胳膊和腿。塞在稻草人身体里的稻草散落了一地。可怜的稻草人，现在看起来像是破麻袋里掉出来的一堆零落的干草。

多萝茜惊恐万分地目睹了这一切。她的朋友

在她眼前被撕得粉碎，现在轮到她了。她抱起了托斯比，把它紧紧搂在怀里。

“够了！”66号疯子对狮子说，“马上消失！”

狮子像一只听话的狗，垂着头，顺从自己主人的命令。它沿着刚才的路往墙那边走去，消失在了转角处。

“你很清楚我在说什么。”66号疯子说，“你找到了那副眼镜，戴在头上，然后到了这里。现在你以为你还能回家吗？你已经看到了这么多，我是不会让你离开这儿的。不过，先把你偷走的笔记本还给我！”

笔记本？她忘了自己从66号疯子的城堡拿走了笔记本，放进了篮子里。笔记本还在，可里面不就是几行毫无逻辑的笔记吗？这个笔记本为什么会让66号疯子这么生气？她试着回忆笔记本里的内容，一只喵喵叫的刺猬？不对，一定是别的什么内容。

多萝茜想起了笔记本里提到的“作弊码”。她不知道怎么用“作弊码”，现在也没有别的办法

了，只能一试。

她打了三下响指，一块很大的屏幕出现了。66号疯子惊讶地看着她。多萝茜学着蓝色城堡旁那个老妇人的样子，慢慢地说道：“踢出这个男人！”

就像变魔术一样，“砰！”下一秒66号疯子就消失得无影无踪了。

维修

多萝茜怔怔地望着66号疯子刚才站的位置，还没能从惊愕中回过神来。她是施了什么魔法吗？她真的把66号疯子从奥兹国踢出去了吗？若是果真如此，危险应该已经过去了。

“这儿难道有什么魔法学校吗？”她心想。从小，她最大的心愿就是收到魔法学校的录取信。而奥兹国比魔法学校还要神奇。

多萝茜听到身后传来一声呻吟，她转过身，看到地上的稻草人还活着，可是他伤得很重。

这时，狮子回来了，看起来也恢复了正常。“我……我……我真的太抱歉了。”它哭着说，“我也不知道自己到底怎么了。他对我说话的时候，我的脑袋好像被重重迷雾遮蔽了，大脑像是瘫痪了一样，身体不由自主地听他的指挥。太可怕了！

太可怕了！”它擤了擤鼻涕，接着哭泣道，“我杀死了稻草人和机器人，他们都是我的朋友，他们是我最早交到的朋友！我怎么能原谅自己啊！”

“等等，你冷静一点儿。”多萝茜说，“你看，稻草人还活着呢，机器人也不会死，因为他是个机器人。来帮我一把，我把稻草人重新装回去，

你抬一下机器人。我们回到黄砖路上去吧。这个地方太诡异了。”

多萝茜拾起地上散落的稻草，装进被撕破的麻袋里。稻草人痛苦地呻吟着。狮子驮起机器人走过木桥，和托斯比一起，跟着多萝茜回到了黄砖路上。

他们把稻草人和机器人放在路边。狮子问：“你说他们能好起来吗？”说着，它又哭了起来，“要是他们不能康复，我永远都不会原谅自己。”

“这不是你的错。”多萝茜说，“在蓝色城的时候，他们就跟我说过，66号疯子有可怕的魔法，没有谁能抗拒他的命令。”

“你觉得他真的就这样消失了吗？”狮子问。

“我觉得是。”多萝茜回答道，“我想他应该不在奥兹国了。好了，接下来我们要做的是：我在这儿守着稻草人和机器人，你去绿色森林请独角兽过来一趟。它能帮助我们。”

过了一会儿，狮子领着独角兽，带着一个很大的急救箱回来了。“没想到我们这么快又见面了。

狮子先生把一切都告诉我了。”独角兽对多萝茜鞠了一躬。它跪在稻草人旁边，查看了伤口，“我应该能治好稻草人先生。把急救箱给我吧。”

把稻草杆仔细放回麻袋以后，独角兽又用很粗的线，把稻草人的胳膊和腿都缝回了它的身体上。“比新的还结实！”缝完最后一针时，独角兽说道。

独角兽又仔细检查了一下机器人，然后说：“还好，他的处理器没受损，只是电池电路出了点儿问题。”等它接好

所有的电线，机器人睁开了眼睛。独角兽又从急救箱里拿出一个电焊机，来焊接机器人裂开的躯干。

多萝茜觉得不可思议。“这是电焊吗？森林里居然还有电焊？”她惊讶地问道。

“当然啦！”独角兽回答，“不然我们怎么处理金属的东西？在你的国家，动物都是用什么处理金属的？”

多萝茜为自己的问题感到可笑。“也不稀奇。”

她心想。她此刻正跟一个维修稻草人和机器人的独角兽聊天呢！跟最近发生的稀奇古怪的事情相比，它有个电焊机又有什么奇怪的。想到这里，她不禁笑出声来。

过了一会儿，稻草人和机器人都站了起来，拉伸了一下筋骨，看起来甚至比之前更精神了。他们拥抱了独角兽，感谢了它，然后准备好继续上路。

翡翠城

把路障推开以后，他们继续沿着黄砖路前进。不出一会儿，便看到前面传来束束绿光。

“这一定是翡翠城！”多萝茜激动地说，“我

们终于到了！”

他们越往前走，绿光越强烈。到了傍晚，他们终于来到了厚厚的绿色城墙前。黄砖路的尽头是一道华丽的城门，旁边有一个门铃。当多萝茜按响门铃后，里面传来了一阵咯吱声。城门打开了，他们便走了进去。

在他们面前的，是一个长相滑稽的矮个子男人。他穿着绿色的衣服，连头发都是绿色的。

这个人用极快的语速说：“欢迎！各位到此有何贵干？”

“谢谢！我们是来见奥兹的。”多萝茜说。

这个绿人儿十分惊诧。

“嗯，这还是头一回。你们为什么想见奥兹？”

多萝茜回答说：“我们听说他什么都知道。所以我们想向他询问一些我们自己回答不了的问题。”

“嗯……我从来不问自己找不到答案的问题。不过有什么不行呢？要是你们是来见奥兹的，那跟我走吧！”

这群冒险家们便跟着这个奇怪的绿色守门人，穿过了翡翠城的小街小巷。

多萝茜和她的朋友们都被翡翠城的美丽震撼了。道路两边是一排排绿色大理石建造的房屋，所有的一切都闪烁着绿光。脚下的街道也是用美丽的绿色大理石铺成的，道路的边缘还装点着翡翠。

多萝茜心想，这是她一生中见过的最华美、最翠绿的地方了，连森林都没有这座城市这么绿。

城里老老少少都忙着购物。他们大部分都穿着绿色的衣服。人们看了看多萝茜和她奇怪的旅伴，可对他们为什么来这儿并不感兴趣，也没人跟他们说话。

守门人带着他们来到位于城市中心的奥兹的住处。房子的门前站着一个长着大胡子的士兵，

当然，他的胡子也是绿色的。

“这些人想见奥兹。”守门人说。

“在这儿等着。”士兵回答道，“我进去通报。”

他们站在门外。士兵一回来，多萝茜就急切地问道，“你见到奥兹了吗？”

“没有，没有……我只见到了他的一个虚拟化身。他不喜欢访客，所以让我先跟他描述你们的样子。我告诉他，一个稻草人、一个手臂是锯子的机器人、一头大狮子、一个穿着橙红色衣服的瘦瘦的女孩儿，还有一只滑稽的小狗想要见他。于是他决定接见你们了。”

“太棒了！”多萝茜说，“终于能见到他了，我太兴奋了！我们走吧！”

于是他们跟在士兵身后，往宝座所在的房间走去。

奥兹的宝座

多萝茜和她的朋友们走进了一个富丽堂皇的房间。房间很大，屋顶也很高，屋顶和墙面都装

饰着跟梵蒂冈的西斯廷教堂里的一样的画。

不过这些画的像素很低，看起来也很奇怪。有的画着田园风光，另一些是家庭画像。整个房间在翡翠的装点和灯光的照耀下，显得十分华丽。

不过最吸引多萝茜的，是房间正中央摆放着的那张缀满翡翠的宝座。

坐在宝座上的，是一个高大健壮的年轻男人，让人一下就联想到了大力神赫拉克勒斯。

这一定就是奥兹，不过他跟多萝茜想象中的完全不一样。一个睿智的人怎么会是这样一个半裸着上身的健壮男人呢？

当他们排成一排站在宝座前时，多萝茜开始怀疑，或许跟朋友千里迢迢来到这里，就是个错误。那位老妇人说，奥兹可能知道她怎么才能回家。因为相信了她的话，多萝茜才带着朋友们走了好多天来到这里。突然，一阵失望向她袭来。

她试探地问："您好，您真的是奥兹吗？"

那个高大的男人笑了，回答说："你要找的是什么人呢？"

"我也不知道，您跟我想象的不太一样。"多萝茜犹豫着回答道，"他们说您是这个王国最有智慧的人。我们来，是有几个问题想请教您。"

一眨眼的工夫，坐在王座上的人完全变了个样。那个长得像赫拉克勒斯的男人不见了，取而代之的，是一个留着长长的白发和胡须，看起来十分睿智的老人。

"这样可能会好一点。"男人笑着说，"说来有点荒谬，外表似乎比什么都重要，甚至在这个世界也是这样。对，我是奥兹。你们是谁？为什么要来见我？"

多萝茜松了口气。现在奥兹看起来的确像一个睿智的人。不过转念一想，她没有理由因为奥兹变了个模样就完全信任他。不过她还是大大地松了口气。

"我叫多萝茜，这是我的朋友稻草人、机器人

和狮子。我们是来寻求您的帮助的。”

“说说看。需要我怎么帮你们呢？”奥兹问道。

“事情是这样的，我本来住在帕洛阿托，是一个五年级的小学生。有一天，我跟爸爸起了点争执，于是就生气地跑了出来。在离我家不太远的地方，就在斯坦福大学里，我捡到了一副奇怪的眼镜，还戴在头上试了试，然后我就莫名其妙地到这儿了。我也不知道怎么回事，可是我一到这儿，就砸中了66号疯子。不幸的是，他掉下了悬崖。然后他就开始跟踪我，一心想复仇。”

奥兹挑起一条眉毛，脸上带着意味深长的微笑。这个故事吸引了他的注意力。

“请继续说。”

“于是我开始寻找回到帕洛阿托的办法。我问了一个叫F8的东西，可是它从来没听说过帕洛阿托。然后，一个老妇人说奥兹应该知道。她的原话是，‘奥兹什么都知道。’于是我走了很长一段路才找到您。一路上，我交了几个新朋友：稻草人、机器人和狮子。我们一起经历了很多事情。我们在河里漂了一段，66 号疯子还给我们设了一个陷阱。他弄坏了机器人和稻草人，还差点抓到我，把我关起来。好在，我们最终逃脱了，并且来到了这儿。我得马上回家，因为我没告诉爸爸妈妈我去哪儿了。他们现在一定急坏了。我很想他们。您能送我回帕洛阿托吗？或者，至少告诉我该怎么回去。”

说到这里，多萝茜停住了，从自己口中说出来的话，听上去却疯狂得让她难以置信。

奥兹似乎被这个故事逗乐了，甚至笑出声来。“我真不敢相信你们就这样到了这儿。”他说，“马库斯好几个小时没跟我联系了，他就是这儿的那个 66 号疯子。我都开始担心他了。从你的角度去看这件事，真是太好笑了。”

“什么？”多萝茜听得一头雾水。奥兹跟 66

号疯子认识？难道马库斯是眼镜的主人？而且，奥兹听完她的经历这样笑，也让她很不高兴。“这有什么好笑的？我们的难题都是真实存在的！稻草人他……”

“好吧，先谈你们的事。”奥兹说着，转向稻草人，问道，“你来这儿做什么？”

“我不想当一个稻草人了，可我不知道该怎么办？”稻草人说。

“你为什么不想做稻草人了？”奥兹问。

“因为每天在那儿等着吓跑乌鸦，真是无聊透了。”

“那到底是什么让你觉得无聊？”

“因为我被绑在一根竹竿上，动弹不得。”

“你为什么会被绑在竹竿上？”

“是做我的人把我绑在那儿的。”

“那他又为什么把你绑在竹竿上？”

“嗯？”稻草人开始结结巴巴了，这些问题让他感到困惑不解，“我，我也不、不知道，好、好像并、并没有什么原因。”

“你一定要被绑在一根竹竿上吗？”奥兹又问道。

“我猜，也不一定。”稻草人说。

“那好。”奥兹笑着说，“你现在已经逃离那根竹竿了，不是吗？”

“我从来没这么想过。”稻草人说，他突然激动起来，“我从来没像现在这么自由过。为什么我之前没有发现呢？从今往后，我就可以做一个快乐的稻草人了。太感谢您了。”

“不客气。”奥兹说，“我不过是问了你五个问题，来帮你找到问题的源头所在。如果你问不对问题，就永远找不到正确答案。”

“您真是个睿智的人。”稻草人说着，流下了激动的眼泪，向奥兹鞠了一躬。

多萝茜看他们这样一问一答，像是看了一场网球比赛。稻草人能这么快就得到想要的答案，真是太好了。

奥兹看向机器人，问：“你，机器人，你来找

我做什么？”

“我的难题跟稻草人很不一样。”机器人说，“我不想再当个木匠了，可是我天生就是要做木匠的。”他给奥兹看了看他那只用锯子做的手臂。

“你为什么不想做木匠了？”

“因为我动不动就没电了。”

“你的电量为什么会那么快耗尽？”

“因为我在一个幽暗的木工作坊里工作。”

“为什么木工作坊里这么暗？”

“因为作坊的房顶是木头做的。一定得有屋顶才行，不然雨水就会毁掉我做的家具。”

奥兹笑了。

“那为什么屋顶非得是木头做的呢？”

他们都看着机器人，而机器人好像并不明白奥兹提出这个问题的用意。

多萝茜恍然大悟。

“玻璃！”多萝茜叫道，“可以防雨，而阳光又能透进来。你为什么不用玻璃给木工作坊盖个屋顶呢？”

机器人十分震惊，不敢相信自己的难题竟有这么一个简单的解决方案。

“那样一来，我就再也不会没电了！”他对自己说，“今后，我就能高高兴兴地制作桌子、椅子和其他家具了！”

机器人转向奥兹，说：“您的确非常睿智。太感谢了。”

“不客气。”奥兹说，“是多萝茜找到了正确

答案。我不过提了几个问题。”

接着，该狮子说了。

狮子开口说道：“我刚才看您问问题的时候，就已经找到了解决我的难题的办法。我总是抱怨自己看起来很可怕，可是那又有什么不好呢？就像做个稻草人或者木匠也没什么不好一样，真正让我不快乐的，不是自己长得很可怕，而是我认为别人都怕我，就把自己封闭起来。现在我改变了，我想回到绿色森林，跟那里的其他动物一起，快乐地生活。”

多萝茜笑了。

终于，奥兹转向多萝茜。

“现在，我还欠你一个解释。不过我得请其他人先出去一下。”他说。

稻草人、机器人和狮子向奥兹鞠了个躬，然后离开了宝座所在的房间。

当房间门关上时，奥兹又一

次变身了。这回，他变成了一个戴着一副圆眼镜、十分有魅力的年轻男人。

眼前的这个人正是奥利弗·兹马托！

编程用语词典

根本原因分析 / 五问法

人们遇到难题时，不一定总能找到造成问题的根本原因，这也就意味着问题得不到解决。日本著名发明家丰田左吉发现了这个现象，于是发明了一套分析法，并在自己的丰田汽车公司推行。后来，这套方法在世界范围内流行起来，并被软件工程师广泛采用。

这套方法提出：当我们遇到问题时，可以问五个“为什么”，来找到问题的根源。

你知道吗？航天飞船的燃料箱只有 1.5 米宽。在美国国家航空航天局（NASA）工作的工程师们想增加这些燃料箱的宽度，可是一直未能成功。

问题出现后，工程师们立刻提出五个“为什么”，来找到造成困难的原因。

“我们使用的燃料箱为什么是1.5米宽的？”

“因为燃料箱是在别的地方制造，然后用火车运输到美国国家航空航天局的。在运输过程中，它们需要通过隧道，而隧道的标准宽度是1.5米。因此，燃料箱也被制造成1.5米宽。”

“为什么火车轨道的标准宽度是1.5米？”

“因为工人们铺的第一条轨道是电车轨道，而电车轨道是1.5米宽。”

“那么，为什么电车轨道是1.5米宽？”

“因为电车轨道是铺在之前已经建好的老路上的，这些道路就是1.5米宽。”

“为什么这些老路是1.5米宽？”

“这些路最早是为马车铺的，而马车的两个轮子之间的距离正好是1.5米。”

“为什么马车的两个轮子之间的距离是1.5米？”

“因为马车是设计用两匹马

来拉的，而两匹马并肩而行的宽度是 1.5 米。”

那么，美国国家航空航天局发射到太空的火箭上用的燃料箱的宽度，竟然是由两匹马决定的！这个问题似乎无法解决！

真相

“刚才你说话的时候，我没忍住笑了，真是抱歉。我还是先介绍一下自己吧。我叫奥利弗，奥利弗·兹马托。在这个世界里，我的代号是奥兹。”

“我……我……知道您，当然知道。我特别崇拜您！”

多萝茜激动得话都说不清楚了，开始结巴起来。奥利弗·兹马托——她和全世界都崇拜的人，让她每天晚上睡觉前都要对着海报说一会儿话的人，居然就站在她跟前。

“这怎么可能？”多萝茜问，“您在这儿做什么？您也被传送到这儿来了吗？”

“哈哈，传送？”奥利弗·兹马托又笑了起来，“我的公司开发一款虚拟现实游戏已经很长一段时间了，这个游戏就是《奥兹国》！”

“什么？游戏？”多萝茜震惊了。

奥利弗接着解释道：“是一个虚拟现实游戏，这就是我说的那个游戏，多萝茜，我们现在就在游戏里。所以，你看到的墙、外面的天空，甚至你的朋友，实际上都不是真实存在的。他们都是虚拟的。

“我们用电脑代码一步一步编写出了整个布局，把我们想要的一切都设计进了这个游戏里：独角兽、翡翠城堡……只要你进入游戏，就能从你戴的眼镜显示屏上看到图像，从耳机里听到声音。实际上，你现在还在帕洛阿托。”

多萝茜不敢相信自己的耳朵，她十分吃惊，

觉得自己好像正在一部科幻电影里。

奥利弗继续不慌不忙地解释。

“马库斯是我们测试小组的负责人。他告诉我，上个星期他在斯坦福把眼镜弄丢了。我们很担心媒体会在我们的发布会演示之前找到那副眼镜。不过幸运的是，眼镜被你捡到了。你用他的眼镜登陆了游戏，所以你才掉到他身上，把他强制退出了。后来，他到处找你，是为了查清楚你到底是谁，然后叫你不要把在这儿看到的一切提

前往外说。”

“可是他做的事情太可怕了！他让狮子撕碎了我的朋友稻草人和机器人，他还要把我关起来！”

“就像我刚才说的，多萝茜，这只是一个游戏。马库斯并没有伤害任何人。马库斯打游戏的时候并不是一个冲动的人。他一定是觉得，把你关起来可以给自己争取一点解决问题的时间。他不是一个坏人。”

多萝茜仍然十分惊讶。

“那么，这是一个游戏？这里发生的所有事情，都是一个电脑游戏？难怪我不觉得饿，难怪有几天过得很慢，剩下的时间又过得飞快。我在这个游戏里待几天了？”

“在这里，时间过得非常快。我猜，从你戴上眼镜开始，到现在，差不多过了几个小时了吧。公司测试小组的所有工作人员，还有我，都玩这个游戏有一段时间了。我们一边玩，一边解决游戏里的漏洞，好赶在发布会之前做好一切准备。比方说，马库斯发现，要是你把草莓放进水里，草莓就会像鱼那样游起来；云朵飘动的方向也很奇怪。我们正在修改这些错误，使游戏更完美。换句话说，我们想要把这里打造成一个完美的世界。而你完全没有意识到自己在一个虚拟游戏中，就证明了我们已经离目标不远了。能认识你，我非常高兴。我理解你现在想退出游戏马上回家。登陆游戏只需要戴上眼镜，如果要退出游戏，你需要拍拍手，然后说‘退出’。”

多萝茜依旧一副惊讶的表情。

“不过。”奥利弗·兹马托接着说，“你能把马库斯踢出游戏，说明你是一个有天分的玩家。我希望有机会能请你加入我们的测试小组。”

奥利弗·兹马托说完了。多萝茜对这个极富创意的电脑天才的崇拜顿时又增加了几百倍。半个小时以前，她为了回家什么都可以做，而现在，她发现自己非常留恋这个地方。

“我还没看到龙呢。我很想亲眼看看龙！我现在得回家了，不过我怎么才能再回到这里呢？我真的能为你工作吗？”

“龙？”奥利弗·兹马托笑道，“我们还没有制作龙，所以龙在这里也还只是一个神话。我也希望你能跟我们一起工作。那副眼镜你可以留着，随时都可以戴上眼镜开始玩。我会为你再创造一个角色，这样，你下次登陆，就不会掉在马库斯的头上了。他一定也是一头雾水。”

说完，他们都笑了。现在想想，她掉到66号疯子头上这件事，确实很好笑。

“星期一到我们公司来吧。我会把你介绍给测试小组的人。你夏天可以在我们这里实习，能帮我们从游戏玩家的视角改善这款游戏。我也可以教你怎么制作龙，这样你就能在游戏里自己做出龙了。你看怎么样？你愿意帮助我吗？”奥利弗笑着说。

“这太好了！”多萝茜说，“我有好多东西想向您学习。我非常愿意！”

该离开了，多萝茜拥抱了奥利弗，然后他们相互道别了。

“那就星期一见！”多萝茜说。

“星期一见！”奥利弗回答道。

多萝茜的梦想成真了！她就在奥利弗·兹马

托对所有人都保密的游戏里，甚至还见到了奥利弗本人，居然还能加入他公司的小组工作。更不可思议的是，奥利弗还答应教她怎么制作龙！她想要一条宠物龙。这一切比多萝茜最不切实际的

梦更疯狂，也更美好。

多萝茜走出放着宝座的房间，跟稻草人、机器人和狮子说了再见。稻草人要回到他的村庄跟乌鸦作战，机器人也要回到自己的木工作坊，而狮子要去绿色森林。他们看起来都十分高兴。

“要是没有你，我永远也无法接受我的工作。”稻草人说。

“而我更是要永远困在作坊里，因为电量不足而待到地老天荒。”

狮子一言不发，只是默默地拥抱了多萝茜。

“我也很高兴能认识你们。”多萝茜说。

“保重！”多萝茜说着，一一拥抱了他们。她的朋友们也许只是游戏中的角色，可是她对他们的爱，让他们变得真实起来。

多萝茜从外面又望了一眼这座翡翠城堡，这当然不会是她最后一次看到这里的景象。她把托斯比抱入怀里，拍了拍手，说道：“退出！”

编程用语词典

虚拟现实

虚拟现实是电脑生成的三维世界，能模拟现实环境，给人以身临其境的真实体验。虽然虚拟现实还并未被应用到《奥兹国》这样的游戏中，但这项技术已经取得了巨大的进步。

你知道吗，很多军队都会使用虚拟现实进行作战训练。

写下你的**读书笔记**吧

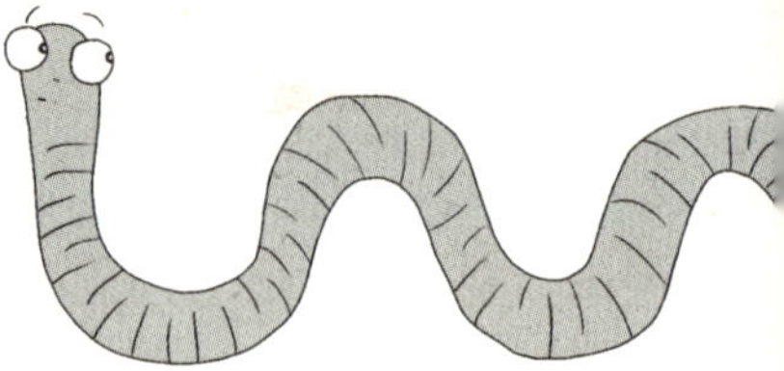